両手にトカレフ

ブレイディみかこ

ポプラ文庫

contents

1 ガール・ミーツ・ガール 5
2 別の世界の入口 24
3 子どもには選べない 47
4 貧しい木につくチェリー 69
5 母たち、娘たち 86
6 本当のことは誰にも言えない 111
7 リリックの伝染 129
8 子どもであるという牢獄《ろうごく》 150

9 一緒に震える 167
10 あなたを助けさせて 191
11 ここから逃げる 218
12 ここだけが世界とは限らない 241
エピローグ 270
対談 「私は私なんだ」という想いを持つ 278
バービー×ブレイディみかこ

1. ガール・ミーツ・ガール

ミアはお腹が空《す》いていた。

巨大なガラス箱のようなジュビリー図書館の脇を通ったら、一階にある窓際のカフェで女の人が美味《おい》しそうなケーキを食べていた。

ああ食べたい。

食べたい。私もあれが食べたい、と思っていると、図書館に入ってしまっていた。夕べからまともに食べてないせいかもしれない。眠りながら歩く人のようにふらふらカフェのほうに歩いていくと、窓際の女の人は茶色いスポンジ・ケーキを食べていた。

キャロット・ケーキかな。それともジンジャー・ケーキ。

離れた場所から眺めていてもスポンジの柔らかな湿り具合が想像できて、口の中が唾《つば》でいっぱいになった。ケーキを食べていた女の人が、「何なのこの汚らしい子ども」みたいな目つきでミアを見た。そしてすぐに反対側に目を逸《そ》らし、わざとらしくケーキを手で摑《つか》んでむしゃむしゃ食べ始める。

なんで手づかみなんだろう。飢えた子どもの前で、ふくよかな中年女性がケーキを貪《むさぼ》っている。

彼女は明らかに3メートルほど離れたカウンターの脇に立っているミアの視線を意識していた。つんつるてんに短くなった中学の制服のタータンチェックのスカートを穿《は》いたミアが自分のほうを見ているのを知っている。

どうしてミアがそんなに短くなった制服を着ているのかといえば、ミアの母親には、どんどん成長して大きくなる娘の制服を買い替えるお金がないからだ。

寒い冬の朝にお尻が見えるほど短いスカートを穿いたミアの前で、マリメッコの青い花柄のスカートを穿いた中年の女性は、手づかみでケーキを食べながら本を読んでいた。『PRIDE & PREJUDICE』と表紙に書かれている。

プライドと偏見。プライドもへったくれもなく、ミアのお腹がぐうと鳴った。

ミアの母親はこんなに分厚い本は読まない。「OK!」とか「HELLO!」とかいう、写真だらけの雑誌なら家に転がっていた。いったいどうしてゴシップ誌の名前にはいつも「！」がつくんだろう。小学校に入学して初めてアルファベットを習ったとき、ミアはいつ「！」の読み方を教わるんだろうと思っていた。AよりもBよりも、ミアには「！」のほうが身近だった。

その「！」のついた雑誌はたいていキッチンのテーブルの上に開いたまま置かれていた。そのうち雑誌の上には白い粉が載るようになっていた。ドラッグをやったらお腹が空かないのよ、と言ってミアに吸わせようとしたことすらある。たぶんミアが7歳か8歳ぐらいのときだ。

そもそも母親が生活保護のお金をあの粉に使ってしまわなかったら、ミアも弟もいつもお腹を空かせている必要はないのだった。あの粉に比べたら、ポテトは安い。パンだって安い。チップスだってソーセージだってずっと安い。

なのに母親はそれらの、命に必要なものを買わない。自分や子どもたちを生かすためのものをちっとも買わない。

ミアは踵《きびす》をかえして窓際のカフェに背を向け、書棚が並んでいる館内の中央部に向かって歩き始めた。フィクションの棚が並んでいる吹き抜けの広い中央部を通り抜けると、カフェと反対側の壁際のスペースには子どもやティーン向けの本のコーナーがある。

ミアがうんと小さかった頃、母親はミアをここに連れてきた。本がたくさんあるのよ、本をたくさん読みなさい、本を読まなかったから私はこうなった。そう繰り返し小さかったミアに言って聞かせた。そのわりには母親から絵本を読んでもらった記憶はない。本さえ借りて帰ればそれで親としての任務は果たしたと母親は考えていたのだろう。そこらへんに絵本を転がしておけば、そのうち子どもはひとりでに読み始めると思っていたのだ。おそらく彼女もまた、親に本を読んでもらった記憶なんてなかったから。

ミアは正面の子どもの本のコーナーから目を逸らした。いろいろ思い出すと気分がギザギザ逆立ってきたからだ。だからそのまま左に曲がって、文房具の売店のある通路を抜け図書館の外に出ようと思った。

が、今日に限ってエレベーターの扉が開いていた。いつも壊れているか、ボタンを押しても長いこと一階まで降りてこないエレベーターの扉がタイミングよく開いている。

なんだか急に得をしたような、これに乗らないと損をするような気分になってミアはエレベーターに飛び乗った。ミアの前で何かが開いていることなんて珍しかったからだ。いつも世界はミアの前で閉じていた。それか、さっきまで開いていたのに目の前でピシャリと閉まるのがお決まりのパターンだった。

エレベーターの中には先客がいた。スーパーの袋にタオルやらペットボトルやらをパンパンに詰め、手にいくつも提げているぼさぼさ髪のおじさんがじろじろミアの顔を見ていた。その視線が、だんだん下に下がって短いスカートのほうを凝視している。

万が一、エレベーターが故障して、この人と閉じ込められたりしたらどうしよう。

反射的に降りようと体の向きを変えると、リュックを背負った大学生風のカップルがエレベーターに入ってきた。二人は楽しそうに話しながら乗ってきたのだけれど、すぐに喋《しゃべ》るのをやめてくるりとガラス張りの壁のほうを向き、外を眺めながら黙って息を止めていた。

くさいんだろう。おじさんが臭うのだ。ミアはこの臭気には慣れている。アルコールとアンモニアが混ざったような独特の臭い。ミアの母親もこんな臭いをさせるときがある。何日もシャワーを浴びず、洗濯もしないで酒を飲んでいると人はこんな臭いを発し始める。

が、はっと気づいてミアは下を向いた。

もしかしたら、くさいのは私なのかもしれない。ガス代が上がってから、最後にシャワーを浴びたのはいつだったろう。母親と同じ家で暮らしている私も、あの臭いをさせているのかもしれない。

エレベーターが開くと、待ちきれない様子で大学生らしいカップルが降りていった。二人はまた快活に喋り始め、奥の閲覧室のほうに歩いていく。

自分があの臭いをさせているとすれば、閲覧室に行くわけにはいかない。ミアはエレベーターから出たところで立ち止まった。閲覧室には自由に使えるコンピューターもあるから、そこで時間を潰そうと思っていた。が、くさい臭いをさせて密室の中に座っているわけにはいかない。きっと同じことを考えているから、あるいは嫌な顔をされるからだろう、午前中の図書館にはホームレス風の人たちも何人か来ているが、彼らは閲覧室には入らず、オープンスペースのベンチに座っている。

学校をサボってショッピングモールやゲームセンターに行ける中学生たちと違い、ミアには図書館ぐらいしか時間を潰す場所がなかった。冬はとくにそうだ。ここは適度に暖かく、運が良ければ、テーブルの上にフルーツや食べ残しのチョコレート・バーを置いて帰る人がいたりする。

本当に私はホームレスの人たちと同じだとミアは思った。臭うかもしれないから閲覧室にも入れない。棚から適当に本を取って読むふりをしながら、オープンスペースのテーブルの上の置き忘れや食べ残しのスナックを探している。

本棚から本を一冊取り出し、ミアも近くのベンチに座って読むふりをした。さっきエレベーターで一緒になったホームレスっぽいおじさんが、通路を挟んで向かい側のベンチに座っている。彼は足元にいくつもスーパーの袋を並べ、青い表紙の本に目を落としていた。

おじさんが本を脇のテーブルの上に置いたとき、表紙に描かれた女性の顔にミアはどきっとした。

母親に似ていたからだ。

ターバンにしては四角いシルエットの布を頭に巻いて、どこかの民族衣装のようなものを身に着けた、つるっとした白い顔。その面長の輪郭といい、筋の通った鼻の形や、細長い切れ長の瞳といい、ドラッグでハイになって虚《うつ》ろに薄目を開けているときの母親にそっくりだ。

ホームレスのおじさんは、さっきまでその本を真剣な顔で読み耽《ふけ》っていた。時々、ホームレスの人たちにはこういう読書家がいることをミアは知っていた。難しそうな分厚い本を一ページ、一ページ食べつくすような迫力で読んでいる人がたまにいる。ミアの母親は、本を読む人間になれば自分のように生活に苦労することはないと言ったが、彼らはこんなに熱心に読書するのにホームレスなのだ。世の中はミアの母親が思うよりずっと複雑で、矛盾に満ちている。

ミアは手に取った本（よりにもよって『いいヴァイブ、いいライフ』というタイトルの自己啓発本だった）をパラパラめくるふりをしながら、弟のチャーリーのことを考えていた。今朝、棚に二枚だけ残っていた食パンを朝食に食べさせたが、チャーリーが好きなヌテラもピーナッツバターも切れていたので、マーガリンしか塗ってやれなかった。チャーリーがそれに文句を言ったので、ついミアは弟をきつく叱ってしまった。ゆうべだって、袋の中に残っていた冷凍チップスを全部チャーリーにあげたのだった。

私だってお腹が空いているのに、何わがままなことを言ってるの、食べられるものは何でも食べろ、文句を言っている場合じゃないだろう。

腹が立ってつい大声で怒鳴ってしまった。朝方までジンを飲んでいた母親は、そんな物音も気にならないぐらいソファで死んだように寝ていた。でもチャーリーはミアの大声に脅《おび》えて、そのままキッチンの椅子の上でお漏らしをした。二年ぐらい前まで、学校でいじめられたり、夜中に怖い夢を見たりしたら、チャーリーはズボンやベッドを濡らすことがあった。でも、成長するにつれてそんなことはなくなったとミアは思っていた。

私はこの頃、いつも疲れて、お腹が空いていて、気持ちが荒れている。ひょっとして私も成長期というやつに入ったのだろうか。

友人のレイラが、ローティーンには成長期というのがあって、ひどく体が疲れて、たくさん食事をしたくなり、常に眠くなるものなのだと言っていた。ついにミアにもその時期がやってきたのかもしれない。

それにしても気になるのは、濡れた制服のズボンの代わりに、チャーリーに穿かせた古いズボンだった。それは彼が一級下の学年のときに穿いていたやつで、丈がもう短くなっていて、黒い学校用の靴とズボンの裾《すそ》の間にソックスが見えてしまう。女の子だったら、制服のスカートが短くなっても、超ミニを穿いているんだなと解釈されないこともない。でも、男の子のズボンが短くなってソックスが見えてしまうのはアウトだ。貧乏という以外、何の言い訳もできない。しかも、あのズボンは膝やお尻のあたりが擦り切れて白くなっているから、みんなに笑われているだろう。休憩時間やランチタイムにまたいじめられているかもしれない。私のせいだ。小さな弟に八つ当たりをした自分のせいだ。

考えるだけでミアの胸がきりっと縮んだ。ミアは自分のことでこんな風に胸が痛むことはない。だが、チャーリーのこととなると、誰かにぎゅっと胸を絞られるようになる。

ふと目を上げると、ホームレスっぽいおじさんがベンチから立ち上がり、ガサガサと足元のスーパーの袋を持ち上げて、エレベーターのほうに歩いていくところだった。脇のテーブルには、彼が読んでいた本が置き去りにされている。

ミアは立ち上がって、表紙に描かれている肖像画をよく見るためにテーブルに近づいた。ある日本人女性の刑務所回顧録と書かれていた。じゃあ表紙の女性は日本人なのだろう。英国人であるミアの母親と日本人女性の顔がだぶって見えたのは不思議だった。実際、近くで見るとその絵は明らかにアジア人の顔で、まったく自分の母親に似ているとは思えない。

カネコ、フミコ……。それがその女性の名前のようだった。ミアは本を手に取り、ベンチに腰かけて読み始めた。

「面白いかい？」

急に尋ねられてミアが本から目を上げると、いつの間にか戻ってきたおじさんがスーパーの袋をたくさん提げて立っていた。

「すみません。あなたはもうこの本を読まないのかと思って」

ぎょっとしてミアが立ち上がると、彼は言った。

「僕はもう何度か読んでいる本だから、気に入ったのなら君が読んだらいい」

ホームレスのような身なりのおじさんは、なぜかロイヤルファミリーみたいな上流階級風のアクセントの英語を喋った。

「君のような女の子が読んだら面白い本だと思うよ」

長髪に髭《ひげ》ぼうぼうのおじさんは、遠くで見ていたより若そうな顔をしていた。

私のような女の子ってどういう意味なんだろうと思ってミアはページをめくった。

*

人間はたぶん４歳ぐらいからのことしか思い出せないのかもしれない。その前のことは、私は何も覚えていないからだ。だけど、父が「まとも」だった頃の記憶ははっきりといまもある。

最初の父の思い出は、泣きたくなるほど温かい。あの頃、彼には定職があって（なんとあれで刑事だった）、もともと育ちのいい坊ちゃんだったせいか、貧乏でも丁寧な暮らしをしようとしていた気がする。少なくとも、私に対する態度はそうだった。

父は私を小さなお人形のように大切にした。

まるで小さなトロフィーを自慢するように肩車して歩き、髪を切りにいくときも母親じゃなくて父が連れていってくれた。病気をしたときはつきっきりで看病してくれたし、食事のときだって、魚とか肉とかを食べやすいように小さく箸でちぎってくれた。

だけど、すぐに彼の飽きっぽい性分が現れた。小さな娘を新しい玩具《おもちゃ》みたいにかわいがるのをやめて、若い女を家に連れ込むようになったのだ。母と若い女はいつも喧嘩《けんか》していて、父は忌々しそうに母を殴った。そんな風だったから、母親は何度も家出をした。が、数日たったら必ず戻ってきた。行くところがなかったのだ。あの頃、父親はもう刑事をやめていた。やさぐれた感じの男たちが家に集まってきて、花札ばかりしていた。

そのうち弟の賢《けん》が生まれ、家族が四人になるとすぐに、もう一人家族が増えた。

あの人がやってきたのだ。

それは母親の妹、つまり私にとっては叔母のたかのだ。

年の頃は、二十二、三歳。端整な顔立ちの美人で、てきぱきとして頭が切れ、家の中にぱっと花が咲いたようだった。

父親は最初から彼女を気に入っているのが見え見えだった。彼が毎日、家でゴロゴロしているので、内職で生計を立てていた母は、時々、内職の品を雇い主に届けるために弟をおぶって出ていった。すると、そのうち父と叔母は襖《ふすま》を閉めて二人きりで部屋に閉じ籠るようになった。

喋っている風でもないし、いつまでも何をしているんだろう。そう思ってこっそり部屋の中を覗《のぞ》いてみたことがある。やっぱり、二人はそれをしていた。

やっぱり、というのはすでに男と女がそれをする姿を私は何度も見て知っていたからだ。父と母、父と若い女、父と叔母、組み合わせは違っても、男と女は結局はああいう風になった。貧乏で家が狭かったこともあるが、私の周りの大人たちは、子どもの前であの行為をすることに躊躇《ちゅうちょ》しなかった。だから私にとっては、４歳ぐらいから（つまり、自分が覚えている記憶の始まりの部分から）あの行為は生活の一部だった。

私は自分が見たことを母親に言わなかった。叔母と父親の秘密を母は知らないほうがいいと、子どもながらに直感していたのだ。私は小さな子どもだったから、理屈ではなく、ただ猛烈に怖かった。母に言ったら、家の中で起きていたことが明るみに出たら、足元にぽっかり穴が空いて家全体が崩れ落ちる。そんな気がした。どんな家だろうと、どんな家族の形だろうと、父と母と叔母と私と弟の五人で暮らす家は、暗い夜や雨風から私を守るシェルターだった。小さな子どもにとって、家はすべてなのだ。それが壊れてしまうことは、世界の終わりも同然だ。

そうこうするうち、叔母が家出して何か月も行方不明になった。どこかのお金持ちの家で住み込みの女中として働いていたらしい。が、父親が執拗《しつよう》にあちこち尋ね歩き、彼女の居場所を見つけて連れ戻した。しばらくするとまた叔母は家出したが、やっぱり父に探し出されて家に戻ってきた。それっきり、叔母は家出をしなくなった。逃げられないことを悟ったのだろう。

叔母の諦めと、母の諦め。

父を中心とした家族の生活は、女たちの諦めの上に成り立っていた。

大人たちの性と暴力の日々が戻ってきても、子どもの私にとっては、元通りの暮らしは平和だった。一人の男と二人の姉妹たちの関係がふつうの家庭と違うということすら、私は知らなかったのだ。

その本はいまから百年ぐらい前に、日本に住んでいた女性が書いた自伝だった。

でも、ミアにはまるで遠い話に思えなかった。ミアが住んでいる公営団地にもこういう家族の話はいくらでも転がっている。

＊

カネコフミコという著者は刑務所でこの本を書いたようだが、ミアが住む団地にも刑務所に入ったことのある人が何人もいる。ドラッグやDVや窃盗、同じような罪を繰り返して出たり入ったりしている人もいる。フミコという日本人の少女の世界は、ミアが住んでいる世界とよく似ていた。

フミコの母親や叔母がフミコの父親に対して諦めていたように、ミアの母親も男を諦めている。そんなものは当てにならないし、どちらかといえば禍《わざわい》の種にしかならないと知っている。そのくせ、母親は次から次に男たちを家に連れてくる。

人間は4歳ぐらいからのことしか覚えていないんじゃないかとフミコは書いているが、それは本当なのかもしれない。ミアも、4歳ぐらいのときに母親がつきあっていた男のことはちゃんと覚えているからだ。それはドラッグ・ディーラーの男だった。ジャマイカ人の父親とスペイン人の母親の間に生まれたそうで、酔うと自分を「カフェ・コン・レチェ」と呼んだ。「ミルク入りのコーヒー」という意味らしい。

「かわいそうな人なのよ」

ミアの母親は小さな娘にドラッグ・ディーラーのことをそう話して聞かせた。

「あの人のお母さん、酔っ払ったときや怒ってるときに彼のことをそう呼んだんだって。自分の子どもに人種差別的なことを言う母親なんて、最低。親から差別されて育つなんて、ほんとにかわいそう」

ドラッグ・ディーラーの男はやさしい性格で、他の男たちみたいにミアの母親を殴ったりしなかった。でも、酒をたくさん飲んだ。いつも酒を大量に飲んでミアの母親とあの行為をした。

小さなミアはその脇で母親が図書館から借りてきた絵本をパラパラめくっていた。男はきっとそんな彼女のことを不憫《ふびん》に思ったのだろう。母親が眠りこけた後、ベッドから下りてきてミアの隣に座った。そしてミアが手に持っていた絵本を読み始めた。

リズミカルな口調にミアは驚き、この人は何を言っているのだろうと目を見開いて彼の顔を見た。そして、すぐに男が語る物語に魅了された。ミアはこのとき、絵本が指でページをめくったり閉じたりして遊ぶための玩具ではないことを知ったのだった。そこには何か、声を出して読んで聞かせ、耳で聞くことのできる物語が書かれているらしい。

聞いたこともない名前の人や動物、知らない人たちの経験が本の中に広がっていた。それは、いまここにいる場所とは違う世界の話だった。

ミアは、ここじゃない世界の話を聞くことが大好きになった。だから、ドラッグ・ディーラーの男が母親に会いにくるのを心待ちにするようになった。

だが、じきに男はミアたちの家に来なくなった。警察に捕まったらしい。

その次にミアたちの家に入り浸るようになったのは、同じ団地に住んでいる若い男だった。母親よりずっと年下のその男は、ディーラーではなかったがいつもドラッグを持っていた。彼はいつもミアを邪魔者扱いして、母親が見ていないときに外に追い出した。でも、その頃にはミアは小学校のレセプションクラスに行くようになっていたので、同級生のイーヴィの家に遊びにいって時間を潰すことができるようになっていた。

イーヴィの母親のゾーイは、ミアに初めて絵本を読んでくれた男のように、白人と黒人の間に生まれた。そしてやはりあの男と同じように、ミアに本を読んで聞かせた。小学校の一年目であるレセプションクラスの宿題は、保護者が子どもに絵本を読み聞かせ、一緒にその本について語り合うことだったからだ。

ゾーイはミアの母親はそんなことはしないと知っていたので、ミアの読書記録ノートにも、今日は何の絵本を何ページ読んだのか、ミアはどんな新しい単語を覚えたか、ストーリーのどういうところに関心を持っていたか、毎日きちんと書き込んでくれた。そしてイーヴィとミアの二人をキッチンのテーブルの椅子に座らせ、読み書きを熱心に教えた。

「二人とも、早く自分で本が読めるようになりなさい。たくさん本を読んで大学に行けば、私のような仕事をせずにすむし、こんな団地に住まなくてもすむ。一生懸命勉強して、ここことは違う世界に住む人になりなさい」

スーパーマーケットで働いていたゾーイはいつもこう言った。ドラッグ・ディーラーの男は、本の中にはここことは違う世界があるということを教えてくれた。そしてゾーイは、本をたくさん読んだら違う世界に住む人になれると言う。

「本」と「違う世界」は、繫《つな》がっている。

ミアはそう直感した。そしてそう思うと、頭の中にあった固い栓がぱっと開いたような晴れやかな気持ちになった。

そのときの感覚を、ミアはいま鮮明に思い出していた。カネコフミコの世界とミアの世界が、時空を超えて地続きになっているように感じられたからだ。一世紀も前の遠い国に生きていた少女がミアに話しかけている。あたかもそれは、本という橋を渡って、別世界の少女がこちら側に歩いてきたようだった。彼女はミアの隣に座り、自分の話を聞かせてくれている。

ミアは本を閉じてベンチから立ち上がり、自動貸し出し機のほうへ歩いていった。ゾーイが作ってくれた図書館の会員カードはまだ財布の中に入っている。ミアは貸し出し機の前に立ち、読み取り台の上にその青い本を載せた。どうして母親に似ていると思ったのかといまでは不思議なほど東洋的な顔をした女性が、表紙の上からじっとミアのほうを見ている。

この人は子どもの頃に生きた世界から飛び出すことができたのだろうか。どこか違う世界に行くことができたのだろうか。

ミアは猛烈にそのことが知りたくて、この本を読むことにした。

2. 別の世界の入口

ミアは弟が通っている小学校の校門の脇に立って、昨日、図書館から借りてきた本を読んでいた。学校の勉強には何の興味もなかったが、ミアは本だけはよく読んだ。

学校では毎日20分間の読書の時間が設けられていて、そのために貸し出し用の本がたくさん用意されていた。だから、読む本には不自由しない。ミアのようなお小遣いを貰《もら》えない家庭の子どもにとって、本は無料のエンターテインメントなのである。

だけど、学校から借りるヤングアダルト本には、どこか説教くさいものが多かった。でも、カネコフミコの本にはそういう押し付けがましいところがない。団地の階段に座って、同じような境遇の女の子から話を聞かされているみたいだ。

だから、フミコの本を読み出すと止まらなくなり、少しでも時間ができるとリュックから引っ張り出して読みたくなった。

弟のチャーリーたちのクラスがなかなか校門から出てこないので、ミアはまた夢中でフミコの言葉を追っていた。

子どものお迎えにきた保護者たちは周囲でガヤガヤと雑談に花を咲かせている。

だけどこの本を読み出すと、なぜかミアの耳にはフミコの声しか聞こえなくなった。

この本は本当に別の世界への入口のようだ。

ふと本から目を上げると、泥だらけになったチャーリーが背中を丸めて校門から出てくるところだった。

「どうしたの？　誰にやられたの？」

ミアはびっくりして声を荒らげた。

「あのルイって子？　それとも、あの雑貨屋のパキスタン人の息子？　どうせまたあいつらなんでしょ。どっちがネクタイを取っていったの？」

世界中の人と喧嘩しそうな目つきでいじめっ子たちの親を探しているミアの腕を、チャーリーがひしと摑んだ。目には涙が浮かんでいる。

「やめて。ネクタイは、校庭のフェンスの脇の茂みの中にあるから。投げ捨てられて、拾おうとフェンスに上っていたら足を引っ張られて、水たまりに落ちて泥だらけになっちゃった……」

「あんな高いフェンスから落ちたら、大怪我《おおけが》するかもしれないでしょ！」

「大丈夫、見ていた女の子がちゃんと先生に言ってくれて、保健の先生が絆創膏《ばんそうこう》を貼ってくれたから。ほんのかすり傷だから、大丈夫」

大丈夫なわけがない。

まったく大丈夫じゃないことでもチャーリーはいつもこの言葉ですませようとする。

「ズボンはどうしたの？」

チャーリーは、制服のズボンではなく、体操服の半ズボンを穿いている。

ミアにはだいたい想像がついた。いじめっ子たちが、チャーリーが体操服に着替えたときにズボンを隠したのだ。丈の短いズボンはダサいとか貧乏くさいとかさんざん笑って、挙句の果てにどこかに隠してしまったのである。破れた制服や、小さくなった制服を着ている子どもに、いじめっ子たちはよくこういうことをする。ミアもやられたことがあった。

両手の拳《こぶし》をぎりぎりと握りしめて保護者たちの群れに突っ込んでいこうとするミアの背後から、チャーリーが弱々しい声で言った。

「ミア、何も言わないで。だって、明日もっといじめられる。お願い」

チャーリーの亜麻色《あまいろ》の巻き毛が涙で濡れた頰にくっついていた。8歳にしては小柄で痩せた弟。あんなガラの悪い団地に住んでいるのにまるで天使みたいなルックスだ。もっとタフになれと何度説教したかわからない。でも、チャーリーには無理だった。次にいじめられるまでできるだけ身を低くして、目立たないようにするしか、こういう子には生きる手立てがない。

じっと自分を見上げている弟の両手を取り、ミアは答えた。

「わかった。でもあいつらを許したわけじゃないからね。今度何かあったら、本気でぶっ殺す」

濡れた瞳を三日月形にしてチャーリーが微笑《ほほえ》んだ。

「ふん。今日のところは、雑貨屋で一番高いものを万引きするぐらいで勘弁してやるか」

悔しまぎれにミアが言うと、チャーリーが抱きついてきたのでミアは思わず弟が小さかった頃のように抱きかかえた。が、弟の体が拍子抜けするほど軽かったので、重要なことを思い出した。そう言えば、本当に万引きでもしなけりゃ、食べ物が底をついている。生活保護のお金が入るまで、まだ二日もあるのだった。

翌日、ミアはいつものように学食の支払いの列の一番後ろに並んでいた。そして、それとなくあたりを確認してから、カウンターの下に置かれたバスケットのロールサンドに手を伸ばした。素早くハム&チーズロールを握って、制服のブレザーで隠すようにしてリュックの中に入れる。

ミアのほうを見ている生徒は誰もいない。ミアは続けて、ペストリーのバスケットにも手を伸ばし、アーモンドクロワッサンを二つリュックの中に入れた。

学食の中を歩き回っているときより、支払いの列の最後尾《さいこうび》にいるときのほうが万引きはやりやすかった。並んでいる生徒たちはお喋りに熱中していて周りのことなど見ていないし、一人で立っている生徒たちもひたすら前方しか見ていない。それにパンやシリアルバーなどの万引きに適した食べ物は、レジのそばにあるカウンターの下のバスケットに並べてあるから、ここは何かをくすねるのに最適のスポットだった。

もう一つ、何か取っておこうかな、と思ってリュックから顔を上げ、ミアはどきっとした。

自分を見ている視線に気づいたからだ。

それは友人たちと学食に入ってきたイーヴィだった。後頭部の高い位置で長い黒髪をきりっと一つに結び、きゅっとウエストを詰めたブレザーを着た長身のイーヴィがじっとミアのほうを見ていた。

見られた。

ミアの心臓が急に速く鳴った。ミアが思わず下を向くと、イーヴィもすっと目を逸らす。

ミアのような家庭の子どもは、学校では無料でランチを食べることができた。だけど、それには限度額があり、それを超えるとカードがレジで使えなくなる。でも万引きをすればカードが限度額にならないし、万引きしたものを家に持って帰れば夕食にできる。ミアだけじゃない。切羽詰まった家庭の子どもたちはみんなやっていることだ。他の生徒たちだってそのことを知っている。学校側だって本当は知っていて見逃しているのだ。

でも、自分もついにそれをやり始めたことをイーヴィに見られてしまった。

ミアは急に気が変わったふりをしてレジを待つ列を離れ、学食から出ていった。

驚いたようなイーヴィの目がいつまでも頭にこびりついていた。

翌日、意外なことが起きた。体育が終わって数学の教室に入ってきたとき、いつもミアが座っている机の上に「ミアへ」と書かれたメモが置かれてあった。開いてみると、「一番右のコート掛けのフックの下にスーパーの袋がある。もし必要なかったらそのまま置いといて。E」と書かれている。

教室の後ろのフックのそばに行ってみると、スーパーの袋があって、中に食パン一袋と缶詰がいくつか入っていた。昨日の万引きを見たイーヴィが、ミアたちが困っていることを察して持ってきたのだ。そう思うとミアの顔がかっと熱くなった。

もしかしたらイーヴィはゾーイにも学食で見たことを話したかもしれない。そして、ゾーイがイーヴィに食べ物を持っていくように勧めたのかもしれなかった。

だけど、何にしても助かることは間違いない。いろいろ考えたり、恥ずかしがったりしている場合ではなかった。

スーパーの袋の中を覗くと白い封筒が入っていて、ゾーイからのメッセージが出てきた。「カウリーズ・カフェにいらっしゃい」と書いてある。そうだった。あそこに行けばお腹いっぱいご飯が食べられるのだった。

ミアは小学生の頃に行っていたそのカフェのことを思い出し、メッセージの紙をポケットに入れた。そして自分の席に戻り、退屈な授業の時間を潰すために、リュックから本を出した。

＊

いよいよ食べるものがなくなったとき、母は弟を背中におぶい、私の手を引いて父親に会いにいった。父の友だちの家に着いたとき、母はいきなり縁側から家に上がり込んで障子を開けた。父は男たちと花札をやっていた。

「子どもたちが晩ご飯も食べられないっていうのに、なんであんただけ楽しそうに酒を飲んだり花札をしたりしてるんだよ」

どこからあんな力が出てきたのかと思うような大声で母が怒鳴った。いつも殴られっぱなしの母が、珍しく全身で父に立ち向かっていた。

父は座敷からぬっと立ち上がった。そして目の玉が飛び出るような恐ろしい顔つきになってずんずん歩いてきて母を縁側から突き落とした。背中におぶった弟と一緒に母が転がり落ちた。裸足で下りてきた父がさらに殴り掛かろうとして拳を振りかぶったとき、座敷にいた男たちが後ろから父を止めた。

私たちは、父からはお金も食べ物も貰えず、侘《わび》しくもと来た道を帰った。立ち向かってみてもしかたがなかった。何もかももうしかたない、生きていることすらしかたない。そう考えているかのように母は無表情だった。

「ちょっと待て」

急に後ろから父の声がした。

追いかけてきてくれたんだ。そう思って私は声のするほうを振り返った。

母も振り向いて父の顔を見た。なんだかんだと言って、やはり父も家族のことが気になったのだ。でも、それは甘かった。また彼は血走った目つきで顔を歪《ゆが》め、

「貴様、人前で俺に恥をかかせやがって。あんな縁起でもないことをしやがるから、俺は花札で負けた。おまえのせいだ、おまえのせいで負けたんだよ」

そう怒鳴りながら母を下駄《げた》で殴った。そして母の着物の胸元を引っ摑み、崖下《がけした》に突き落とすぞと大声で怒鳴った。そこは高い崖だった。灌木《かんぼく》や茨《いばら》が絡み合っている崖の下は、真っ暗な闇だった。こんなところに突き落とされたら死んでしまうと思った。母の背中で弟が火が付いたように泣いている。

「やめて、父さん、賢ちゃんが、賢ちゃんがびっくりしてる。父さん、賢ちゃんを泣かせないで」

私は父に必死でしがみついたが、彼は母から手を離さなかった。恐ろしさに顔中

を涙でぐちゃぐちゃにして私は走り出した。近くに父の友人が住んでいたことを思い出したからだ。父の友人は食事中だったが、わけを聞くとすぐに駆けつけてくれた。あの人があのとき来てくれなかったら、父は、たぶん母と弟と私をあの暗い闇の中に突き落としていた。

邪魔者を見る目つき。あのとき、彼はそんな顔をしていた。私たちさえ自分の人生からいなくなればと強烈に願っていた。

大人はあんな目をして子どもを見てはいけない。私はここにいてはいけないのだと子どもが考えるようになるから。そんな目をされたところで、私はもう生まれていたのに。私の不在を願う人がいたとしても、私はすでにこの世界に存在してしまっていたのに。

それからは、ここではない別の世界に行きたいと考えるようになった。誰も私の不在を願わない世界。そこに私がいてもいい世界。

そのうち、私は別の世界への入口を自分で見つけた。それは母親が野菜を買ってくるときに包んでくる新聞紙だった。

この紙には何が書かれているのだろう。それが猛烈に知りたかったけど、どんなにその印字の列を見つめ続けたところで何一つ読めない。

だから、私はそこに書かれていることを勝手に想像して遊ぶようになった。きっとこの隅に書かれているのは、海で溺れかけて大きな魚に助けられた少女の話。少女はそれから魚に育てられ、海賊になって世界の海を渡るんだ。私は次々と自分で物語を拵《こしら》え、まるでそこに書かれていることを読んでいるかのように声に出して喋ってみた。

こことは違う世界は、私が思いつく物語の中にあった。

それは父と母と叔母と私と弟の小さな世界の外側にある、無限に広い世界だった。会ったこともない、見たこともない人たちの物語が、世界にはきっと無数に転がっている。そう考えるだけで暗い気分が晴れた。しかたがない、と思うことより、別の世界はあると信じることを私は選びたかった。

＊

その日もゾーイはいつものようにカウリーズ・カフェのカウンターに立ってビュッフェの食事を給仕していた。カウリーズ・カフェは1ポンドで食べられるディナー・ビュッフェを週に二回、提供している。もともと、1920年代から戦後にかけて草の根の社会活動で有名になったハリー・カウリーという人にちなんで名づけられたカフェで、彼は第一次世界大戦と第二次世界大戦の後に、家を失った家族や無職になった人々のため、地域の空き家をいくつも占拠してシェルターにした。この小さなカフェが入っている建物もその一つだった。

ゾーイがこのカフェと関係を持つようになったのは、娘のイーヴィが生まれてすぐ、パートナーだった男が家に帰ってこなくなったときだった。赤ん坊を抱えて仕事をすることもできず、貧困に落ちて母乳も出なくなったとき、定期健診で助産師がこのカフェのことを教えてくれた。1ポンドでお腹いっぱい食べられるビュッフェをやっているカフェがあり、粉ミルクも分けてくれるという。私たちには最後に頼っていける場所があるんです、あのカフェはこの街の誇りですと助産師は言った。

ゾーイはそれからこのカフェに出入りするようになった。イーヴィは、ほとんどここで育ったと言っても過言ではない。イーヴィが小学校に入り、ゾーイがスーパーで働くようになってからは、倹約すれば母子二人で食べていけるようになったけど、カフェやそこで出会った人々との繋がりは切りたくなかったので、ボランティアとして働くようになった。

ゾーイはここに出入りするようになって、世の中には二つのタイプの貧しい人がいると知った。一つ目は、自分や、自分の住む団地の人々のように、貧困な暮らしなんてできればしたくないのにそこから逃れられない人たち。そしてもう一つのタイプは、貧困家庭に生まれ育ってなんかいないのに、思想のためにあえて貧しい生活をすることを選んだ人々だ。

ゾーイにとって、後者のような人々との交流を続けることは、社会の知的な部分に触れることでもあった。貧困者支援や移民支援のハブになっているカフェは社会運動に関心のある人たちのたまり場にもなっていて、大学教員がボランティアで政治思想史講座を行ったり、人文書の読書会なども行われたりしていた。このカフェには、ゾーイが暮らす団地や職場のスーパーとは、まったく違う世界がある。今日も、エセックス大学の研究員とスロバキアからの移民が、カウンターに並んだ料理を紙皿に取り分けながら東欧政治について議論しているのをゾーイはうっとりした気分で聞いていた。

するとと、木のドアが開いて、見覚えのあるジャージ姿の少女と、小学校の体操服にジャケットを着た小さな少年が入ってくるのが見えた。

「ミア！　チャーリー！　こっちよ！」

ゾーイはカウンターから出ていって二人の子どもたちを手招きした。

「よく来たわね。二人だけ？　お母さんは来なかったの？　さ、料理はこっち。カウンターにたくさん並んでる。今日はスパゲティ・ボロネーゼやリゾットもあるのよ。イタリアンの日だから」

　子どもたちはカウンターに寄ってきて、ものすごい勢いでパスタやパンやチーズを紙皿に載せ始めた。チャーリーなど立ったままガーリック・バゲットにかぶりついている。

「こっちにお座りなさい」

　ゾーイは奥の壁際に空いていたテーブルを見つけ、二人を座らせた。物も言わずにガツガツと食べ始めたミアは、すぐに立ち上がって紙皿におかわりを取りにいった。ゾーイはカウンターの中に戻り、山のようにパスタを盛っているミアに話しかけた。

「お母さんの分も、持ち帰り用に詰めておくね」

　ゾーイの言葉に、ミアが申し訳なさそうに下を向いて言った。

「ありがとう」

「どのくらい、食べてないの？」

　ゾーイに聞かれて、ミアが顔を上げた。

「チャーリーも私も、お昼はしっかり学校で食べてるから」

「朝食と夕食は？」

「食パンとかシリアルとか、あるときにはちゃんと食べてる」

「……これからは、火曜日と金曜日はここに食べにおいで。バス代は私があげるから」

最近、またミアの母親の調子がよくないということは噂《うわさ》で聞いてゾーイも知っていたが、イーヴィがキッチンからパンや缶詰のビーンズを取ってミアに持っていこうとしているのを知り、そこまでになっていたのかと驚いたのだった。

「ソーシャル・ワーカーは最近、来てないの？」

「一年ぐらい、会ってないかも」

「え？　前は毎月のように来てなかったっけ？」

「なんか、政府が緊縮ってのをやっててお金をケチってるから、ソーシャル・ワーカーが足りないんだって。それであの人たちは来られなくなったんだって聞いたことがある」

まるで他人事《ひとごと》のように言いながら、ミアは食事を弟の紙皿にも載せていった。大きな空色の目を丸く見開いて、チャーリーが姉の姿を追っていた。こんな寒い日にどうして体操服の半ズボン姿なのか、脚が真っ赤になっている。

こんな子どもたちの様子を見過ごすわけにはいかなかった。明日、福祉課に電話を入れようとゾーイは思った。4歳の頃からミアを見てきたゾーイは、彼女の強さを知っている。だけど、いくら彼女がしっかりした少女だとしても、母親の代わりに小さな弟を育てるのは無理だ。彼女だってまだ14歳の子どもなのだから。

食事をしている二人の子どもたちに、幾人かの人々が話しかけていた。そのたびにミアがこちらを指差し、大人たちがゾーイのほうを見る。こんな暗い夜の時間帯に、子どもだけで食事に来ることじたい、育児放棄案件と見なされてもしかたないが、ミアたちの母親はそれどころではない。

それでもミアが小学生の頃には、彼女の母親も一時的に回復し、このカフェでゾーイと一緒にボランティアをしていたことさえあったのだ。それなのに、あの病気はちょっとしたことでまた戻ってきて、人間を蝕《むしば》み、心も体もボロボロにして、人ではないものに変えてしまう。

そんな人間の抜け殻をゾーイはこれまで何人も見てきた。

そんな大人たちに振り回されるのはいつも子どもたちだ。どんなに時代が流れても、世代が変わっても、この病気だけはなくならない。

ゾーイは深いため息をつき、気を取り直したようにカウンターの下の戸棚から大きなタッパーウェアを二つ出して、パスタやリゾットを手際よく詰めていった。

デザートのティラミスを食べ終えたミアは、頭の上にある棚を見上げていた。テーブルの脇の壁一面の上部に長い棚が取り付けられ、ぎっしりと本が並んでいた。右側にあるカウンターと反対の壁にも背の高い大きな本棚が三つ並んでいて、本がぎっしり詰まっている。

頭上の棚にはジョージ・オーウェルの『動物農場』もあった。ちょうどいま、学校の国語の授業で習っている本だ。ミアは、数学や科学は苦手だったが、国語は好きだった。小学校に入った頃、イーヴィと一緒にゾーイから熱心に読み書きを教えられたせいで、他の子どもたちより早くアルファベットが書けるようになり、スタート地点がよかったせいかずっと国語だけは成績も悪くない。

そういう点では、ミアは、自分はラッキーだったんだと思う。公営団地には、中学生になってもまともに字が読めない子たちもいる。そういう子たちはだいたい授業中に騒いだり、暴れたりして先生に睨《にら》まれ、自習室や反省室送りにされたりしているが、ミアはいつも教室の一番後ろに座って、机の下で本を広げて読んでいた。

お金のある家の子で不良っぽい生徒たちは、机の下にスマホを置いてインスタグラムをやったり、動画を見たりする。ミアにはそれはできないが、学校の図書室には無料で読める本がたくさんあった。通信料なんて払う必要がない。

ふと、棚に並んでいる本と本の間に、小さな金色の額が飾られているのに気づいた。その中にはアイボリー色のカードが入っていて、筆記体のレタリングでこう印字されていた。「知識に値札をつけることはできない」

いいこと言う、と思いながら視線を逸らすと、玄関ドアの脇に赤いポスターが貼られているのに気づいた。

え、とミアは思わず立ち上がった。図書館で会った髭ぼうぼうのホームレスっぽいおじさんの顔がポスターの中にあったからだ。でも、近づいてよく見ると、ずいぶん色褪《いろあ》せた肖像写真で、「カール・マルクスと緊縮の時代」と書かれていた。そういうタイトルの講演会のポスターのようだった。

もしかして、私にフミコの本を譲ってくれたおじさんも、別の時代からやってきた人だったりして。不思議な気分になりながら、ミアはテーブルに戻った。そして紙皿からあふれんばかりのティラミスをがっついているチャーリーを見て笑い、リュックからフミコの本を出して続きを読み始めた。

私も大きくなったら近所の子どもたちのように海老茶《えびちゃ》の袴《はかま》をはいて、髪に大きなリボンを結んで学校に通えるのだと思っていた。けれども、どんなに待っても私だけは学校に行けなかった。どうして私は学校に行けないの、と母に尋ねた。私も勉強がしたい、近所のあの子もこの子も学校に行っているのに、どうして私だけが違うの、とせがむと、母はイライラした様子になって「しかたがないでしょう」と答えた。

しかたがない、というのは母の口癖だった。そう考えることにすればどんなことでも平気になるかのように、私にも、自分自身にも、よくこの言葉を口にした。

けれども、後になって叔母のたかのに聞いて、私は自分が学校に行けなかった理由は「しかたがない」からじゃなかったと知った。それは私が無籍者《むせきもの》だったからなのだ。

私の母は、父の妻として戸籍に入っていなかった。父は、最初から母と夫婦になるつもりなどなくて、いつでも捨てられるように戸籍に入れなかったらしい。

＊

母はそれについて文句を言わなかった。そういうことに立ち向かっていかない女なのだ。

だけど、そんな母でも、私が学校に行きたいと泣いて頼んだときだけは、態度を変えた。娘のことが哀れになったのかもしれないし、勉強がしたいと言い張る私に何かを託す気持ちになったのかもしれない。母は、私を非嫡出子《ひちゃくしゅつし》として届けようとした。

でも、父はこれに反対した。そんなことをしたら、自分の娘は一生、日陰者として扱われると言うのだ。非嫡出子の父親になるのも嫌だし、そんなに好きでもない女に産ませた子どもを正式に自分の娘にするのも嫌。父はいつもそうだった。自分の体面が傷つくのも嫌だし、責任を取るのも嫌。彼のたくさんの「嫌」のためにいつも女たちは我慢し、走り回り、帳尻を合わせていた。

いまになって思えば、あれは叔母のたかのが思いついたことだったのだろう。父は自分で学校を見つけてきたようなことを言っていたが、たぶん私が学校に行きたがっているのを知って、叔母が無籍の子どもでも通える学校を探してくれたのだ。

その学校は、貧困地区の狭い長屋にある六畳間の薄暗い部屋だった。横倒しに並べられた空き箱が机の代わりに使われ、「おっ師匠さん」と呼ばれる中年の女の先生がいた。通ってきていた子どもは、おそらくみんな私と同じように戸籍のない子どもたちだ。にぎやかに歌を歌いながらふつうの学校に通う子どもたちと違い、みんな静かにひっそりと狭い路地を歩いてきていた。

海老茶の袴や髪に結ぶリボンはなかったけれど、背中に風呂敷包みを斜めに縛り付けてもらい、学校に行けるのは誇らしく思えた。

けれども、お盆になって、おっ師匠さんがお中元に砂糖を持ってくるように言ったとき、私の短い学校体験は終わった。砂糖は、親がおっ師匠さんに渡す学費だったのだろう。でも、わが家にはそんなものを渡す余裕はなかった。長屋の薄汚れた一間だったとはいえ、楽しく通っていた学校を急にやめさせられた私は、まだカタカナの五十音も満足に書けるようになっていなかった。

夏が終わる頃には、父と母は毎日のように口汚く罵り合うようになっていた。

そのうち、私は母の味方をして父に盾突くようになり、やがて父は、母だけでなく、私にも暴力をふるうようになった。

家の中の雰囲気が険悪になる中で、叔母が急に田舎に帰ると言い出した。祖母や叔父からは、帰ってくるように何度も手紙が来ていたので、ついにそれに折れたのだろう。どういうわけか、あっさりと父もそれに賛成した。

停車場まで叔母の荷物を持って送っていった父は、夕方になって一人帰宅した。彼はしょんぼりしていたが、私と母親はいつになく明るかった。私と母を自分の生活から消そうとしていた父が、最終的には私たちを選んだのだ。それはどこか誇らしい気分だった。

だが、それはまったくの勘違いだった。翌日、父も忽然《こつぜん》と消えたのである。父に完全に捨てられてからは、もはや食べることもできなくなったので、母は鍛《か》冶《じ》工場に勤めていた中年のおじさんと同棲《どうせい》を始めた。私はこのおじさんに、布団に巻かれ押し入れに投げ込まれたりして折檻《せっかん》された。

そんなある日のことだった。父が賢を引き取ると言ってきたのである。

「お願い、賢ちゃんを父さんのところにやらないで。だって賢ちゃんがいなくなったら、私、ひとりぼっちになる……」

私は泣いて母に頼んだ。おじさんと母との生活にたった一人の子どもとして残されるのは怖かった。弟は私の唯一の仲間だった。私には、安心して愛することができる家族が必要だったのだ。

「どうしても賢ちゃんが行くのなら、私も行かせて」

私は必死で母親に頼んだが、そういうことはできないことになっていると言われた。

私はその理由を知っていた。それは賢が男の子だからだ。男の子は「跡取り」になれるから、父に貰われていくのである。そして私は女の子だから、父にとって育てる価値なんてないのだ。

母が弟をおぶって父と叔母のところに連れていった日、私は家の前の路地に立って、だんだん小さくなっていく母と弟の背中を見ていた。

私はいつも誰かがどこかに行く姿を見ている。父に貰われていく弟や、赤いリボンを揺らして学校に行く少女たちの後ろ姿をただ眺めている。

私は路地にしゃがみ込み、膝を抱えておいおい泣いた。

どうして私はいつも取り残されるのだろう。

勉強すれば答えがわかるのだろうか。字が読めるようになれば、この不平等の理由はどこかに書かれているのだろうか。

学びたかった。それだけが私を救ってくれるように思われた。

けれども、私の前には高い壁がそびえていて、本物のここじゃない世界は、私がしゃがんでいる路地からはあまりにも遠く思えた。

3．子どもには選べない

フミコが弟と引き離される場面はミアにとって他人事ではなかった。

こんな風にチャーリーが福祉の人たちに連れていかれたら……。それを想像するだけでページをめくる指先が冷たくなった。

最後列の席で吸い込まれるように読書に熱中していると、唐突にミアの前頭部に何かがあたった。ぽろりと机の上に紙屑《かみくず》が落ちる。くちゃっと丸められた紙を開いてみると、こう書かれていた。

「母さんが福祉課に電話するって言ってた。いちおう知らせとくね」

前のほうの、真面目な子たちが座る机が並んでいる場所から、イーヴィがこちらを振り向いて見ていた。イーヴィはミアがメッセージを開いたのを確認すると、また前を向く。

小学校低学年の頃まで、ミアとイーヴィはいつも近くの机に座っていた。イーヴィの母親のゾーイがミアたち家族を支えていることを知った担任たちが、そういう風に配慮したのである。二人はいつも一緒に学校に通い、学校から帰ったらイーヴィの家で宿題をやり、ゾーイに本を読んでもらい、食事すら共にすることが多かった。

いっそゾーイの子どもになりたいとミアは願った。

いつも男たちを連れ込んで酒を飲んだり、際限なく眠ったり、だらだらとテレビばかり見たりしている母親と違って、ゾーイは常に子どものことを考えていた。学校行事だってすべて覚えていて、「ワールド・ブック・デー」とか「インターナショナル・デー」とか、小学校で仮装行事があるときは、いつもミアの分まで衣装を用意してくれた。給食では栄養が偏るからと、野菜がたくさん入ったランチボックスをミアの分まで作ってくれることもあった。ゾーイは母親よりもよっぽど親らしい存在だった。

とは言え、弟のチャーリーが生まれると、ミアの母親も少しの間だけ変わった。

その頃、一緒に住んでいた男が、ドラッグをやめてクリーンになり、真面目に働き始めたからだ。その影響を受けて、母親も、ソーシャル・ワーカーの紹介で依存症の女性を支援する慈善団体と繋がり、リハビリを経てクリーンになった。

すべてがうまくいくように思われた。が、それもほんの一瞬のことだった。チャーリーの父親が浮気して、母親と大喧嘩をして出ていってから、また母親が壊れ始めた。彼女はいつもそうだ。男しだいで元気になったり、壊れたりする。ゾーイみたいに、一人で健やかに生きることができない。

「私とチャーリーもここに来て、一緒に住んでもいい？　私たちをあなたの子どもにしてください」

小学5年生のとき、ミアはゾーイの家のキッチンで、本気でそう頼んだことがあった。流しに立って食器を洗っていたゾーイは、驚いたように振り向いて、ティータオルで手を拭きながら答えた。

「……そう簡単にはいかないのよ。あなたたちが誰と暮らすのがいいかを決めるのはソーシャル・ワーカーだから。私にはそんな力はないの」

いつもやさしいゾーイがきっぱりとそう言ったので、ミアはショックを受けた。信じて期待していた自分が愚かだったと思った。

それからミアは学校で荒れた。ソックスに穴が空いているとか、ピンクのリュックが汚れてベージュ色になっているなどと笑ったクラスメートの少女の顔を引っ掻《か》き、教室で椅子を投げて暴れた。ゾーイとイーヴィの家にも行かなくなり、宿題も勉強もしなくなった。我慢したり、いい子にしたりしても、いいことなんか一つもないと知ったからだ。

急に「悪い子」になったミアと、イーヴィは距離を置くようになった。もう何をするにも一緒の親友どうしではなかった。イーヴィは別の少女たちと学校に通い、ランチを食べるようになった。イーヴィは基本的にいつも優等生だ。目立つ優秀な少女たちと一緒にいて、優秀な成績を収め、たぶん優秀な大人になる。ミアとはかかわりのない世界に行く。

定期的に家に来ていたソーシャル・ワーカーは、このままではミアとチャーリーを保護することもあり得ると言った。これは母親にはよく効いた。少しも母親らしいことをしないくせに子どもと引き離されるのは嫌なようで、急いで家中を掃除し、出来合いのものにせよ何か買ってきて、子どもに食事をさせるようになった。飲酒もやめた。でも、続かなかった。

続かなかったのに、ソーシャル・ワーカーは家に来なくなった。ミアの家だけじゃない。団地の他の家にもソーシャル・ワーカーが来なくなった。福祉課の予算が削られ、ソーシャル・ワーカーの数が減ったからだと近所の大人たちは話していた。

「あんたたちはラッキーだよ。むかしだったら、すぐ福祉に連れていかれて、姉弟バラバラにされて里親や施設に預けられてたよ」

同じ階に住んでいるおばさんが言っていた。このおばさんは、子どものときに施設で育ってたいそう苦労をしたらしい。

「あんたの弟はまだ小さいから、里親に預けられたり、養子縁組されたりするけど、あんたぐらい大きくなったら、ほぼ間違いなく施設行きだよ」

団地の階段の踊り場で苦々しい顔をして夕バコを吸っていたおばさんにそう言われてから、ミアは学校で暴れるのをやめた。前のように熱心に勉強することはなくとも、とにかく目立たないように、おとなしくしていることにした。チャーリーと離れ離れになるなんて、考えられなかったからだ。

ミアが「悪い子」でいるのをやめても、もうイーヴィとは以前のようには戻れなかった。ゾーイとイーヴィの家にミアが出入りすることもなかった。

ゾーイを憎んでいたわけではない。ただ、誰にも頼れないということを忘れないためにそうした。誰かを頼ったら、後でがっかりすることになる。がっかりしないためには、最初から人に期待しないほうがいい。

だから、今日も授業が終わって教室を移動するとき、ミアのほうを見向きもせず友人たちと楽しそうに喋りながらイーヴィが教室を出ていっても、いつものことだと気にならなかった。変な期待はしない。ミアはイーヴィの「オフィシャルな友だち」ではないからだ。

イーヴィたちのグループは華やかだった。みんな美しい小麦色の肌をした、アリアナ・グランデみたいに後頭部の高い位置で長い髪をポニーテールに結んだ子たち。黒人や中東人やアジア人と白人の間に生まれた、グローバルな子どもたち。はきはきと自分を主張して、勉強ができて、ふつうにバイリンガルやトリリンガルで、ルックスもクールで目立つ少女たち。卒業前に受ける全国統一試験のために学力別にクラス分けされたら、ミアはもう彼女たちと同じ教室で学ぶことはないだろう。

ミアも最後列の椅子から立ち上がり、教室を出ようとした。すると、急に背中に何かをぶつけられた。振り返ると、床の上にくちゃっと丸められた紙屑が落ちている。

よく物が飛んでくる日だ。

飛んできた方向を見ると、窓際に座っている男子生徒の三人組が、薄笑いしながらこちらを見ていた。真ん中に座っている、ブロンドの髪をソフトモヒカンにした少年はウィルだ。彼の弟のルイは、しょっちゅう小学校でチャーリーをいじめている。

ミアはつんと踵を返し、無視して教室から出ようとした。

「待てよ。こっちも広げて読んでやれよ」

ウィルの隣に座っている見事なアフロヘアの少年が言った。ラグノールだ。ガーナ出身のこの長身の少年は、ダンスがうまくて、よくストリートダンスの大会に出場している。ちょっとした校内の有名人だった。

ミアはキッとラグノールを睨みつけ、そのまま歩き去ろうとした。するとウィルが椅子からすっと立ち上がって近づいてくる。彼は、床の上の紙の塊を拾って、ミアに差し出しながら言った。

「イーヴィが、授業中にこうやってメッセージを君に投げたのを見たから」

それを聞いて黒髪のキムがくすっと笑い、ラグノールに意味ありげに目配せした。

韓国人と英国人の両親を持つキムは、ラップがうまくて音楽部のコンサートがあるたびにファンを増やしている。イーヴィたちのグループが目立つ少女たちの集まりであるように、彼らもまた派手な少年たちのグループだ。ミアとは何のかかわりもない生徒たちである。

キムとラグノールがにやにや笑いながら先に出ていったので、ミアは少し体の力を抜いた。いじめられるのかと思い、何かされたら、殴り掛かってやろうと思って身を硬くしていたからだ。

「これ」

ミアが受け取ろうとしないので、ウィルはくちゃくちゃに丸めた紙屑を自分で開いてミアに渡した。「僕の弟がひどいことをしたらしいね。小学校の制服のネクタイを後で君に渡したい」と書いてある。ミアは驚いてウィルの顔を見た。

「授業で一緒になるときに渡そうと思ったんだけど、朝、ロッカーに入れたままで、取りにいく暇がなかったんだ。放課後に、渡せる？」

ウィルはミアの顔を見たり、目を逸らしたりしながら言った。

「あ、うん。いいよ」

あれ以来、チャーリーはネクタイなしで学校に行っていたので、助かったと思った。学校指定の制服を売っている店は市のはずれにあり、ネクタイとバス代の金額を考えると、いますぐには買いにいけそうもなかった。

「じゃあ、音楽部の部室に来てくれる？　録音機材がある部屋のほう」

ウィルはそう言うと、友人たちの後を追って教室から出ていった。

弟はとんでもないガキだけど、兄のほうはけっこういいやつなのかな、と思いながらミアも次の授業の教室に向かった。今日はわりと放任な、というか、勉強しない生徒のことなんかまったく気にかけない先生の授業ばかりだから、心ゆくまで本が読める。

＊

弟が父の家に貰われていくと、母は、一人で家に残される私を気遣い、熱心に頼み込んで、近所の小学校に無籍の私を受け入れさせた。

あれほど行きたかったふつうの学校に通えるようになったのに、実はこの学校でこそ、私はとことん「違う者」であることを思い知らされることになった。

まず、出欠を取るときに先生が私の名を呼んでくれなかった。他の子どもはみんな名前を呼ばれて「はい」と返事するのに、私の名だけが出席簿から外されていた。私はわざと遅刻して行ったり、先生が出席簿をつけている間、机の蓋を開けてそこに顔を突っ込んでいたりした。

存在しない者として扱われているのに、自分が存在しているのが恥ずかしかった。ここでも私は、いてはいけない子どもだったのである。

じきに、さらに悪いことが起きた。あれは学校に行き始めた次の月だった。私は突然、職員室に呼び出され、先生に渡した月謝袋が空っぽだったと言われたのだ。

「お金がなくなるのはおかしいだろう。途中で使ったのか？」

「いいえ」

「じゃあ落としたのか？」

「鞄の中に入っていたのだから、そんなはずは……」

担任と校長は、私がお金を使って買い食いでもしたに違いないと決めてかかっていた。だから私の鞄まで調べ、何も出てこないと余計に怒った。けれども、私は自分がしなかったことをしたとは言えない。

ついに校長は母を呼び出した。彼女は最初、理由がわからずビクビクしていたが、事情を話されるとこう言った。

「それは、娘がしたことではないと思います。この子はそんなことはしません」

珍しくしっかりした声だったので、私は驚いた。

「月謝は昨夜、私がこの子の鞄に確かに入れました。あのとき、夫がそれを見ていました。たぶん、あの人が仕事に行くときに、お金を抜いていったんだと思います。前にもそんなことがありましたから」

これはおじさんが私にするいじめの一つだった。学校で必要な文具や何かを鞄の中から黙って抜くのだ。母はそうしたことを淡々と校長に話した。

さっきまで不信感で顔を真っ赤にしていた校長は、黙って母の話に聞き入っていた。そしてこう言ったのだった。

「かわいそうに。こんなしっかりした子が、そんな環境で暮らしているなんて。……どうだろう。できる限り世話をするから、私に養女として育てさせてくれないか」

「ありがとうございます」

母があっさりそう答えたので、私はびっくりして母の顔を見上げた。

「でも、この子は私のたった一人の子どもで、私の楽しみはこの子だけなんです。どんな苦労をしてでも、私が自分の手で育て上げたいと思っています」

母はきっぱりと校長の申し出を断った。

このときの出来事がきっかけで、母とおじさんは別れた。貧しくとも二人でこのまま暮らしていければと私は心から願った。が、やっぱりそんなことは無理だった。母は、男がいないと生活していけない。今度は自分より七つか八つ年下の、小林という男と同棲を始めた。彼はまだ二十六、七で、髪を長く伸ばし、絹のハンカチを首に巻いて、巻きたばこを吸いながらふらふらしていた。この男はいつも家にいて、昼間から横になっていた。そのうち、母も仕事に行かなくなり、昼間から一緒に寝るようになって、私がそばにいても布団の中でふざけ合っていた。

ある晩遅く、母は枕元から財布を出して私に投げ、焼き芋を買ってこいと言った。「こんな時間に開いてないよ」と答えたが、母親は聞かず、裏通りの遠くの店なら開いていると言う。でも、外は真っ暗で、こんな時間に遠くまで行くのが怖くてもじもじしていると、母親は布団から立ち上がってきて私を外に追い出し、ぴしゃりと戸を閉めた。

暗い森の脇を走りに走って焼き芋を買って帰ったときには、母は小林と動物のように重なり合っている最中だった。

私はくるりと後ろを向いてまた暗い戸外に出た。

校長が私を養女にしたいと言ったとき、母は私だけが生きる楽しみだと言ったのではなかったか。この子は自分の手で育て上げたいとしっかりした声で言ったのではなかったか。

それなのに男が出てくると、母にはそんなことはどうでもよくなる。

びゅうびゅうと吹く風に肩を震わせながら、私は星一つない空を見上げていた。

夜に体ごと吸い込まれてしまいそうだった。この母を私は選んでいない。母が連れてくる男たちだって私は選んでいない。子どもには何も選べない。

もう悲しいとは思わなかった。ただ私は悔しかった。自分が子どもであることが、自分では何一つ選べないことが、猛烈に悔しかった。

＊

この気持ち、わかる。

そう思いながら一心にフミコの言葉を追っていると、急にガタガタと周囲の生徒たちが立ち上がる音がした。最後の授業が終わったのだ。ミアも机の下に隠していた本を閉じ、リュックの中に入れて椅子から立ち上がった。

ミアは校舎の最上階にある音楽部の部室へと急いだ。階段をいくつも上り、ようやく最上階に着くと、両側にずらりと宅録機材が並んだ音楽部の部室にウィルが座っていた。時間が早いからか、他にはまだ誰もいない。ウィルは窓際に並んだ机の一つに向かって、大きなコンピューターのモニターを見ながら、ヘッドフォンを着けて何かを熱心に聞いていた。

ミアが部屋に入ってきていたのに気づくと、ウィルは急いでヘッドフォンを外した。そして椅子の脇に置いたリュックから黄色と臙脂《えんじ》色のストライプのネクタイを取り出し、ミアに差し出した。

「弟がひどいことしてごめん」

「ひょっとして、わざわざ買ってきてくれたの？」

ミアはネクタイを受け取りながら尋ねた。

「いや、これはルイの予備のネクタイ。あいつよくネクタイ失《な》くすから、母さんがいつも三本用意してて」

「……ルイが自分でいじめたって言ったの？」

「担任の先生から電話がかかってきた。怪我したんだろ、チャーリー。母さんからめっちゃ叱られてた」

「そう」

ミアはそう言って、ネクタイを自分のリュックに入れた。

「ちょっと乱暴なところがある弟だけど、許してやって」

ウィルが微笑みながらそう言うと、ミアはきっと目を剝《む》いた。

「あんたの弟、ほとんどサイコだよ。今回だけじゃない。いつもうちの弟をいじめてる。わざとシャツの上にジュースをこぼしたり、ズボンを隠したり」

「ごめん……」

「あんたに謝られてもしかたないけど」

ミアはそう言って歩き去ろうとした。が、ウィルは会話を続けようとする。

「最近、ルイがすごく難しくなって、両親も手を焼いているんだ。とくに母さんが」

「そりゃしっかり叱ってほしいよね。最低なことしてるんだから」

「でも母さんが叱り過ぎっていうか、ルイにだけ厳しくし過ぎて、ああなっているような気がする」

ミアは黙ってウィルの顔を見た。

「ルイは僕のステップ・ブラザーなんだ。つまり、僕たちは血が繋がってない。で、母さんは自分の子どもじゃない僕にはとてもやさしいけど、ルイにはすごく、ちょっと行き過ぎなほど厳しいときがあって」

「だからって人をいじめていいわけないでしょ。どこの家だっていろいろあるんだよ」

まったくこんなミドルクラスの家庭のお悩みなんか聞かされちゃっても困るんだよね、こちとら今日、明日のパンの心配が先なんだよ、と苛立《いらだ》ちながらミアがウィルを見ていると、彼がすまなそうに言った。

「もちろん、それはそうだね。……ごめん、余計怒らせちゃった？」

ミアは何も答えなかった。

悪気はないんだ、微塵《みじん》も悪気はないのだけれど、ただ、この人たちにはこちら側のことはわからない。だから、こちらのほうでも、嫌うとか、憎むとか、そんな強い感情は抱かない。ただ、住んでいる世界が違う。それだけだ。

「ところで、『ロミオ・ラップ』、超クールだった。すごいよ、あれ」

ミアの沈黙に重苦しさを感じたのか、ウィルは急に話題を変えた。

「ロミオ・ラップ」というのは、国語でシェイクスピアの『ロミオとジュリエット』を習った週に、ミアが書いた文章のことだった。「ロミオになったつもりで韻を踏みながらラップ調のジュリエットへのラブレターを書きなさい」という宿題が出たときに、何人かの生徒の作品を優秀作として先生がプリントして配ったのだが、その中にミアの作品もあったのだ。

「ふだんから、ラップを作ってるの？」

「作ってない」

「リリックを書いたり、してないの？」

「してない」

「え、でもすごく書き慣れてる感じで、めちゃくちゃ格好よかった」

「ラップなんて、あんなもんでしょ」

ミアはそう言って、ウィルの前の机の上に載っている機材に目をやった。大きなコンピューターのモニターの前にシンセサイザーがあり、その隣に、小さくて丸い摘《つま》みがたくさんついた、見たこともない長方形の機械が置かれている。宅録機材ってこういうやつなのか。音楽部に入れば、ここに並んでいる機材を自由に使って放課後に作曲したり録音したりできると聞いたことがある。ミアの中学は文化系のクラブ活動に熱心で、イーヴィや彼女の仲間たち、つまりアリアナ・グランデ軍団は、ストリートダンス部のスターたちだし、ウィルや彼の友人たちは音楽部の部室に入り浸って作曲や演奏の練習をしている。

ミアだってそういうことがやってみたかった。でも、ミアはクラブ活動なんてできない。毎日、学校が終わったらすぐにチャーリーを迎えに小学校に行かなければならないからだ。

「僕と一緒に、ラップを作らない？」

「……は？」

ミアは驚いてウィルを見た。

「っていうか、ラップのリリックを書いてくれないかな。僕、トラックは作れるんだけど、リリックが苦手で……」

「無理」

ミアは両手を腰に当てて首を振った。

「私、音楽部とか入れないから。放課後いろいろ忙しいんだ。そんな暇ない」

窓の上にある大きな時計の針がすでに3時10分を指していた。

「私、もう行かないと。遅れちゃうから」

そそくさと音楽部の部室から出ていこうとするミアの背中に、ウィルが明るく声をかけた。

「ミア、じゃあ、また明日」

弾丸のように校門を走り出たミアは、学校の前の道を走りに走って坂を下り、チャーリーの小学校へと急いだ。チャーリーたちの学年が先生たちに連れられて校門を出てくるのはいつも3時15分だ。到着するのが少し遅れてしまうかもしれない。

が、小学校に着いてみると、校門前にはチャーリーの同級生や保護者たちの姿はなく、別の学年の子どもたちがぞろぞろと出てきていた。今日は遅れているのかと思ってしばらく待っていたが、見覚えのある保護者が一人もいない。もしかして、と思った。ミアは校門の中に入り、校庭を突っ切って校舎の一階にある玄関の受付に行ってみた。やはり、受付の脇にあるベンチにぽつんとチャーリーが座らされている。保護者が迎えにこなかった子どもはここに座らされるのだ。たった5分しか遅れなかったのに、ここに座らされているなんてひどい。ミアは俯《うつむ》いているチャーリーに駆け寄った。

「ごめん、チャーリー」

ミアの姿に気づくと、チャーリーは顔を上げて嬉《うれ》しそうに立ち上がった。

「他の子たちは、みんな帰っちゃったの？」

「うん。さっきまで一緒に座ってた女の子がいたけど、お母さんが来て帰った」

「今日は学校が終わるの、いつもより、早くない？」

「そうかな。たぶん、今日は担任の先生がお休みで、違う先生だったから、いつもより早く終わったのかも」

保護者だっていろいろ予定があるのだから、こういう風に勝手に時間を変更されると困る。受付で文句を言ってやりたかったが、中学の制服を着たミアがそんなことを言ったところでまともに取り合ってもらえるはずがなかった。

「どうもありがとうございました」

受付の窓口からオフィスの中を覗いて、ミアは事務の人たちに挨拶をした。校舎を出て、校門に向かって歩き始めると、チャーリーが言った。

「迎えが遅かったから、事務の人が母さんの携帯にも電話したよ」

「出た？」

「出なかった。『電話してください』って留守電にメッセージを残してたけど、そのまま……」

「どうせまた寝てるんだよ」

三年ぐらい前まで、つまりミアが小学校の最高学年になって一人で登下校することを許されるまで、母親はいちおう小学校に送り迎えにきていた。が、ミアが弟を連れて帰宅しても先生たちから何も言われない年齢になったとわかると、すぐに学校に来なくなった。

ミアが学校帰りに友だちの家に行けないことや、クラブ活動ができないことなど、母親にとってはどうでもいいのだ。彼女はそんなことを考えたりしない。いつも自分のことと、新しい男のことで頭がいっぱいだから。

だが、そんな母親もここ一年ぐらいは男と会うのも鬱陶《うっとう》しい様子で、家でただ寝ている。そしてたまに起きるとちょっとドラッグを吸引したり、酒を飲んだりしてしばらくぼんやりしてから、またベッドに戻る。基本的にその繰り返しだ。

男たちと遊ばなくなるとシャワーも浴びず、ただ一日中寝ているだけだった。一度、ダニが原因の皮膚病にかかり、診療所に引っ張っていったこともある。親子三人で全身に塗りなさいと医者に軟膏《なんこう》を三本処方され、まずチャーリーの全身にそれを塗り、母親の体にもミアが塗ってやった。まだ30歳になったばかりなのに、認知症患者のようにぼんやりした表情で裸で立っている母の体にクリームを塗りたくりながら、ミアは思った。

こんな母親、私は選ばなかった。

もし子どもに親が選べるのなら、私は彼女なんか選ばない。

唇を噛《か》んで彼女の背中にクリームを広げていると、欠けたままの前歯から空気を漏らしながら「あひがとう、どうも、あひがとう」と母親が言うので情けなくなった。

ミアが母親と暮らし続けるのは、チャーリーと一緒に暮らすためだ。もしチャーリーがいなかったら、ミアも時々団地から消えるティーンたちのように家出していたかもしれない。

「ルイの兄ちゃんが、ネクタイを返してくれたよ。それでちょっと遅くなったんだ」

ミアは、小学校の校門を出たところでチャーリーに言った。

「え？　茂みから取ってきてくれたの？」

「ルイのお母さんは、いつもネクタイを三本用意してるらしくて、その一本をくれたんだ」

「どうして三本も用意しているの？」

チャーリーは目を丸くしてミアを見上げている。

「失くしたときのためにでしょ。よく失くすらしいから」

「すごい。ルイんち、やっぱりお金持ちなんだね」

邪気のない声で言うチャーリーに、ミアは答えた。

「無駄なんだよ、三本も。失くしたときに買えばいい」

ミアはチャーリーがしょっているリュックのポケットを開けて、手袋を出して渡した。チャーリーは小さな指を毛糸の手袋の中に入れながら、遠くの空を見上げている。濡れた脱脂綿みたいに白く重たい雲から、細い雨の雫《しずく》がこぼれてきた。

4. 貧しい木につくチェリー

「ミア、おはよう」

ミアが廊下を通り抜けようとすると、どこかから大きな声が聞こえた。

貸しロッカーが並んだ狭い廊下は、いつものように荷物をロッカーに入れようとする生徒たちであふれかえっている。ミアは学期ごとに使用料を払うロッカーなんて借りたことがないので、朝の雑談をする生徒でごった返しているその界隈《かいわい》を、すいすい歩き去るだけだ。

「昨日の件、考えてくれた？」

いつの間にかウィルがミアを追いかけてきていた。

「は？」

「ラップのリリックの話」

ウィルはミアに追いつき、隣に並んだ。

「ああ……」

しつこいやつだと思ってミアは語気を強めた。

「無理だって言ったでしょ。そんな時間ないから」

「新しいリリックを書く暇がなかったら、ロミオのラップを僕にやらせてくれない？」

「……」

「あれにトラックをつけてもいい？」

「それはちょっと嫌かも」

「なんで？」

「だって、あれはそういうつもりで書いたものじゃないから」

ミアはそう言うと、教室の入口に立っていたレイラの姿を見つけて笑いかけた。

そしてウィルを無視して一緒に教室の中に入っていく。

「ウィルと何を話していたの？」

いつもの一番後ろの席に座るとすぐに、レイラがミアにそう尋ねた。

「別に。彼の弟が小学校でチャーリーをいじめてるから、謝ってきただけ」

ミアはレイラに嘘《うそ》をついた。本当のことを言うと、レイラが騒ぐと思ったからだ。

「ふうん」

レイラはそう言って、ゆるいウェーブのかかったダークブラウンの髪をかきあげながら、窓際に陣取ったウィルと友人たちのほうをじっと見ていた。レイラは目立つ生徒たちが好きだ。ウィルたちや、前方に座っているアリアナ・グランデ軍団の噂話をいつもしている。

時々、イーヴィの父親は流行《はや》りのナイトクラブの経営者だとかいう、間違った情報も仕入れてきて、「どうりで大人っぽいわけよね。ダンスがうまいのはクラブ仕込みに違いない」などと独り合点していることもある。ミアはイーヴィには父親がいないことを知っているが、あえて正したりしない。

レイラは、学校でもっとも長い時間をミアと過ごしている。彼女はミドルクラスが住む住宅街のフラットに住んでいる。ミアやイーヴィと同じようにシングルマザーの家庭だが、母親はどこかの会社で働いていて、その母親と数年前に離婚した父親は、かなり裕福な人らしい。

月に二度の週末をレイラと過ごしている父親は、最新のスマホや服やいろんなものを買ってくれるらしい。つい最近も、新モデルの iPhone を買ってもらったので、プリペイド式で使っていた古いスマホをミアに譲ってくれた。でも、ミアにはチャージできるお金がないので、通信時間の残りがなくなったまま、使っていない。

「キム、一つ下の学年の中国人の女の子とつきあい始めたらしいよ。その子、最初はラグノールのことが好きで、インスタで思わせぶりなコメント書いて送ったりしてたみたいだけど、相手にされなくて乗り換えたらしい。その子の家ってさ、街の中心にある大きなチャイニーズ・レストランを経営していて……」

レイラがまたどこからか聞いてきた噂話を始めた。ミアはそういう話にはあまり関心がないので、何の反応もしないのだが、レイラはそれでも気にせずに話し続ける。彼女のような人はたぶん、口を開いて一緒に話し始める人より、たとえ彼女の話をよく聞いていなくても黙っている人と話すほうが好きなのかもしれない。

ミアはレイラに自分のことは話さない。だから、いつも教室の一番後ろに並んで座っている仲なのに、レイラはミアの家で起きていることを知らない。なんとなく、レイラにそういう話をしてはいけないように思えるからだ。目立つ生徒たちの噂話や、流行りの服やスマホのアプリの話ばかりしているレイラには、ミアの家の話はヘヴィ過ぎる。幸福そうな彼女の日常に、自分の重苦しい現実の話を持ち込んではいけないような、そんな気がミアにはした。

先生が教室の前の扉から入ってきて出欠を取り始めると、レイラはお喋りをやめ、自分の名前が呼ばれるのを待つ。そして呼ばれて返事をするとすぐに、机の下にスマホを出して何ごとかをチェックし始めた。

ミアも出欠の返事をするとすぐに机の下で読みかけの本を開いた。隣に座っているレイラや、この教室に座っている誰よりも、その本に出てくる少女のほうがミアには近く感じられた。

＊

小林はいっこうに仕事をせず、母も一緒になって寝ているのだから、わが家はついに売り食いを始めていた。家財道具を売り、それで食べていたのである。

それでもいよいよ貧乏になり、家主がしつこく家賃を催促に来るので、とうとう私たちは夜逃げした。行き先は粗末な安宿だった。

「苦労させてごめんね。こんなことなら、あんたと親子二人で暮らしていたほうがよっぽどよかった。そうすればここまで落ちぶれることはなかった」

母はそう言って何度も詫《わ》びた。

「もう少し働く人かと思っていたんだけどね。うんざりだよ、本当に、ほとほとあの人には懲《こ》りた」

そう言っているくせに、母は私には理解できない結論に辿《たど》り着くのだった。

「だけど……もういまじゃ別れたくても別れられなくなってしまった。こんなことだったら、前にそうしようと思ったときに、一息に思い切っておけばよかった」

別れられないなんてことがあるわけがない。母には勇気がないのだ。自分しだいで何だってできるはずなのに、母は何もしようとしない。

そんなある日のことだった。近所の子どもたちと外で遊んでいると、ふらふらと母がやってきて、

「そこらへんに鬼灯《ほおずき》が生えてないかい？」

と聞いた。そこは川の土手で、近所の子たちはいつも遊んでいる場所だから、そこに生えている草花のことをよく知っていて、小ぶりの鬼灯を見つけて引っこ抜いてきた。

「ありがとう」

母は子どもたちに礼を言うと、それをぱっきり二つに折って袂《たもと》の中に入れ、隠すようにして帰っていった。

なぜ人に見られてはいけないものを持ち帰るようにして母が鬼灯を袂に入れたのか、あのときはわからなかったけど、いまの私は知っている。

あの鬼灯の根を使って、母は堕胎しようとしていたのだ。

＊

堕胎。

自分の母親も何度かそれをやったことをミアは知っていた。

彼女はミアの目の前で流産もしたことがある。

もっとフミコの話の続きが読みたかったが、ミニテストの時間になったので、ミアは本を閉じてリュックに入れた。ミニテストの時間は先生が教室を歩き回ることがあるし、机の下ばかり見ているとカンニングしていると思われる。

しょうがないので配られた答案用紙に向き合ったが、やる気にならなかった。ミアはくるっと答案用紙を裏返し、白い紙の上に絵を描き始めた。フミコの本には鬼灯、英語でいうところのグラウンド・チェリーが出てきた。ミアはそんな果実を見たことがなかった。グラウンド・チェリーというぐらいだから、ふつうのチェリーみたいに木に実るフルーツなんだろうか。その木を想像してミアは描いてみた。小ぶりの葉っぱがたくさんついた枝の、葉の隙間に丸いチェリーがぶら下がっている木。毛がたくさん生えた根っこも下のほうに描いた。

フミコの母親はこんな木の根でどうやって堕胎するつもりだったんだろう、とミアは考えた。

そして小さい頃に見た、浴室の床に広がった赤黒い血のことを思い出した。母親が浴室で出血して、「救急車を呼んで、救急車を」と脅えた顔で叫んだときのことだ。びっくりしたミアはイーヴィとゾーイの家に走った。ゾーイの知り合いの車で母親は病院に運ばれ、病院から帰ってきたとき、ゾーイが「お母さんは赤ちゃんを失くしてしまったのよ」と言った。赤ちゃんはどこに行ったのだろう。ひょっとすると、浴室に広がっていたのは赤ちゃんの血だったのだろうかとミアは思った。

チェリーの実をつけた木の根を使って堕胎するということは、根っこが赤ん坊を殺すのだろう。地中から木を揺さぶって丸い実を地面に落としてしまう巨大な根をミアは想像した。地面に落ちたチェリーの実が割れて液体が流れだす。赤黒い、どろりとした、バスルームの白いタイルの上でねらねらとぬめっていた血のように。

ふと脇を見ると、レイラがこっちを見て微笑んでいた。彼女も退屈しているのだ。

レイラは勉強が嫌いだった。小さいときから熱心にバレエを習ってきたレイラは、中学に入ったらダンス部に入って踊りたいと思っていたが、同じ学年のアリアナ・グランデ軍団のクールなストリートダンスを見て、自分にはこんな踊り方は無理だと気後れしてやめたらしい。

おまけに、中学に入ってから、食べる量は前と変わらないのに急に下半身がふっくらとしてきて、ダイエットしてもなかなか痩せないので、バレエもやめてしまった。勉強にしてもバレエにしても、さしあたって何もすることがないから、レイラは他人の噂話を集めてくるのかもしれない。

ミアはレイラに薄く笑い返し、また答案用紙の裏に視線を戻し、丸い実をつけた木の絵を描き続けた。

貧しい木につくチェリーは不幸だと思った。

根っこに揺さぶられて一気に落とされなくても、栄養が回らなければどうせ一つずつ落ちていく。落ちないように必死で踏ん張り、枝にしがみついていても、やっぱり木が貧弱だと最後には落ちてしまう。ミアはペンを握りしめて木の絵の隣にこう書きつけた。

黒く実れ　チェリーたち
黒く尖《とが》った実　赤くて丸い実じゃなくて
赤い血なんか流してられるか　いまさら
ストロングな黒い液が洪水みたいに　噴出
それを金持ちの車のウィンドウにぶっかけ
リッチなやつらは貧乏人の足に泥水をぶっかけ
アタシはムカついてポッシュな車をおっかけ
両手で銃をかまえて立った
二丁の銃をかまえて立った

ガタンと椅子を引いてミアが立ち上がった。隣の机のレイラがミアを見上げている。ミアはリュックを手に取り、答案用紙を握って教室の前に歩いていった。そしてそれを先生に渡すと、ドアに手をかけて廊下に出た。テスト開始から7分。終わった順に帰っていいことになっているのだから、何分だろうと関係ない。

ペン先を答案用紙につけたまま、ウィルは前方のドアから出ていくミアの後ろ姿を見ていた。

クールだ、と思った。

こんなことができるのはミアしかいない。

ストリートのダンスチームのヤバそうな仲間たちと写った写真をインスタグラムに上げて自慢しているラグノールも、ギャングスタラップみたいなリリックを書いてイキっているキムだって、おとなしく机に目を落として答案用紙を埋めている。

それなのにミアは、いきなり答案用紙を裏返したかと思うと、真っ白な裏面に何か落書きしていた。そしてそれにも飽きると、まだ始まったばかりなのにさっさと椅子から立ち上がり、呆《あき》れたような顔の先生も気にせず、振り向かずに教室を出ていった。

何かもう、いっさいがっさいすべてを捨てているような感じなのだ。テストなんて、将来なんて、まとめて全部ファック・オフ、ノー・フューチャーだと言わんばかりの。

不良っぽい女の子たちは他にいる。しっかり化粧して、安っぽい香水の匂いをぷんぷんさせて学校に来る派手な子たち。年上のボーイフレンドに買ってもらったブランドのバッグや靴のことをいつも自慢げに話し合っている大人びた女子たちだ。

ミアは彼女たちに比べるとひどく地味だし、香水の匂いもしない。髪もいつも同じスタイルの短いボブだし、体も痩せて細長くて、どちらかというと少年みたいだ。でも、彼女の、曇った寒い日の冬の海のようなブルーグレーの瞳で見られるとウィルはどきりとした。

ミアは本物《リアル》、という気がするからだ。

自分やラグノールやキムにはとても手にすることができない何かを、ミアは持っている。だから、ミアと一緒に音楽をやったら、自分にはないその何かが自分の曲に注入されると思った。それでミアを一生懸命に誘っているのだが、彼女はウィルに声をかけられても冷ややかだ。実際、ウィルは女の子にああいう反応を返されたことはなかった。

いったいどうしたら、彼女にイエスと言ってもらえるんだろう。

じっと顔を上げたままぼんやりしているウィルに気づいて、「テストを続けなさい」と言うように先生が顎《あご》で合図した。ウィルは急いでテストの答案用紙に目を落とし、また一つずつ解答欄を埋めていった。

さっさと教室から出てきたものの、ミアは家に帰ることはできなかった。チャーリーを迎えにいかないといけないからだ。いったん家に帰ると二度手間になるし、今日の午後はソーシャル・ワーカーが来ているはずなので、なんとなく早く帰るのも気が重かった。

いつものように児童福祉課のソーシャル・ワーカーが来るのかと思っていたら、今回は保健福祉課から来るという。ソーシャル・ワーカーはミアやチャーリーの様子を見にくるのではなく、母親に会いにくるらしいのだ。

考え事をしながら長い廊下を通り抜け、図書室に入っていくと、ＰＣのスクリーンを睨んでいた司書の先生がミアに声をかけた。

「あなた、授業は？」

「ミニテストでした。終わった生徒から帰っていいと言われたので」

ミアがそう答えると、司書の先生は両脇が猫の目みたいにきゅっと上がった赤いフチの眼鏡を押し上げながら言った。

「だって、まだ始まったばかりの時間じゃない」

「でも終わったんです」

ミアはスタスタと受付の前を通り過ぎ、窓際のテーブルの椅子を引いて腰かけ、リュックから読みかけの本を出した。司書の先生はしょうがないわねと言わんばかりに軽く首を振り、またPCのスクリーンのほうに目を移した。ミアは青い表紙の本を開き、再びフミコの本の続きを読み始めた。

＊

母と小林と私の三人は山梨に行くことになった。食べられなくなったら、田舎に戻るしかない。山梨には母の実家もあったが、とりあえず私たちは小林の郷里の村に帰った。

そこは山中の奥深い場所にある小さな集落で、十四、五軒しかない家々はすべて小林の親戚か縁続きだった。小林が戻ってきたことを親類たちは喜び、いろいろと私たちの世話を焼き、住む家を見つけてきた。

しかし、それは家というより薪小屋だった。貧乏とは言え都会育ちの私には、こんなところで人が暮らせるとは思えなかった。冬は雪が風と共に入り込んできて、朝起きたら家の中に雪が積もっていることもあった。

小林はまるで人が変わったように働き始めた。

毎日、自分の実家の炭を焼き、母も近くの家のものを裁縫するようになって、そのお礼に野菜をたくさん貰うようになったので、食べることには困らなかった。家は都会にいたとき以上に落ちぶれた感じで、冬の寒さはつらかったが、私たち家族は信じられないほどまともになった。

私たちだけではない。この村では、朝早く起きて日が暮れるまで誰もがせっせと働き、それ以外の暮らし方はあり得ないのだった。親は働き、子どもは外に出て自然の中で遊ぶという健康的な生活をしているのだ。

だが、それがいくら理想的なものに思えても、それで田舎の貧しさを補えるとは思えなかった。都会のビルディングや着飾った人々が行き来する商店街を知っている人間には、田舎の暮らしはまるで時代をいくつか遡《さかのぼ》ったような、原始的なものだった。

都会は田舎からいろんなものをだまし取って繁栄しているのではないか。私はそう考えるようになった。朝から晩まで働いて彼らが得たわずかなお金をだまし取るために、都会の人間たちがやってくるからだ。

街から来る商人たちは半襟《はんえり》などの小間物《こまもの》や菓子を入れた重ね箱を背負い、行商に来た。彼らは比較的お金のある家の軒下で荷物を広げ、そこで商売を始める。

「商人が来たよ」という情報が小さな集落を駆け巡り、すべての家から女性たちがやってくる。彼女たちはかんざしなどを欲しそうに手に取っては商人に値段を尋ねる。その値段が、都会を知る人間には信じられないほど高いのだが、彼女たちにそんなことはわからない。毎日必死で働いて手にしたわずかなお金を、ばかばかしいほど高いかんざしやら何やらに変えてしまうのである。

こんなことでは、この村のほとんどの人が売っている炭にしても、都会の商人に安く買い叩かれているのではないかと私は思った。都会では手に入れることのできない貴重なものを作って街の人々に売っているというのに、それを売ってもほんのわずかなお金しか貰えず、しかもそのわずかなお金すら街から来た行商人にだまし取られてしまう。

田舎は都会にぼったくられている。私はそう思った。田舎が田舎だけで存在するなら、田舎はお金持ちでも貧乏でもない。でも、田舎は都会に比べると貧乏で、都会は田舎をぼったくることで豊かになっているのだ。

けれども田舎は田舎で、純真で善良な人々の集まりというわけではないこともわかってきた。私はこの集落から小さな町のはずれにある学校に通った。山道を一里ばかりも歩かなければいけなかったし、都会の学校に比べれば設備も何もなかったが、いちおう六、七十人の生徒が通ってきていた。

その学校でも修業式が行われたが、そこは田舎だったから、無籍の子どもにも他の生徒と同じ免状をくれるという。だが、最後まで私の名前は呼ばれなかった。式が終わり、納得できない気持ちでぼんやりと立っていると、先生が二枚の免状を手にして近づいてきた。一枚はみんなと同じ免状で、もう一枚は優等賞の賞状だった。先生はそれらをひらひらさせて私に見せながら、

「おまえの分はちゃんとここに二枚あるんだよ。お母さんが貰いにくればあげるからと言っておきなさい」

と言った。

どうやらこの田舎の学校では、修業式の前に親たちが先生につけ届けをするしきたりになっているらしかった。この先生は大酒飲みで有名だったから、親たちは先生に酒を贈っていたのだ。

どうしてなのだろう。私を養女に欲しがった校長の学校にしても、この学校にしても、私は「違う者」として扱われ、人前で恥をかかされる。

もうたくさんだと思った。だから私は、あれほど行きたかった学校を自分からやめてしまった。母はそのことについて何も言わなかった。彼女は彼女で、娘の学校のこと以上に大きな悩みを抱えていたからだ。

5. 母たち、娘たち

ミアの母親はいつものようにぼんやりした顔でキッチンの椅子に腰かけていた。

「ソーシャル・ワーカーは、帰ったの？」

チャーリーを連れて学校から帰ってきたミアは、テーブルの上にリュックを置き、母親に声をかけた。母親は何も答えずに曇った窓の外を見ている。

ずっと掃除していない窓ガラスは、晴れた日でも景色に靄《もや》がかかって見えるほど汚れている。ヤバい、ソーシャル・ワーカーは、いちいちこういうところをチェックするからな。ミアは昨日のうちに拭いておかなかったことを後悔した。

「ソーシャル・ワーカー、来たの？」

ミアは声のボリュームを上げて、もう一度、母親に尋ねた。

「……うん」

母親はようやくミアの存在に気づいたように振り向いて、答えた。

「もう帰ったの？　変だね。ふつうは私たちの様子を見にくるのに」

ミアはそう言いながら蛇口から水を出してグラスに注いだ。

「また来るって言ってたよ」

母親はふわっとした声でまるで他人事のように言った。

「私たちに会いに？」

「そうじゃなくて……」

母親はまた窓の外に目を移す。日が差す午後にまじまじと母親を見ていると、色が抜けたブロンドに銀色のものがたくさん交じっているのがわかった。また白髪が増えた。30歳になったばかりなのに。

「病院に連れていくって」

ミアは水の入ったグラスを握りしめて、キッチンの流しの前に仁王立ちし、母親に尋ねた。

「同意したの？」

「うん」

「何を診てもらうの？」

「何かいろいろ言ってた。よくわからなかった」

「わからないって、昼間から酔ってたの？」

「……ちょっと眠かった」

「何のために病院に行くのか、どこの病院に行くのか、ちゃんと聞いてわかってからイエスと言わなきゃダメでしょ」

ミアは強い勢いで母親を叱りつけた。母親は、大人がすぐそばで手を動かしたときにビクッと反応する子どもみたいにとっさに目を瞑《つむ》り、ぎゅっと顔をしかめている。

「自分のことは自分で守って！　私にはあなたのことまで守り切れない」

ミアはそう言ってリュックを手に持ち、キッチンを出た。チャーリーは居間のソファに座ってバナナを食べながらテレビを見ている。

悪い予感がした。ものすごく暗い予感がして、胸がどきどき鳴っていた。

ミアは、しばらくベッドに横になってから、床の上のリュックを引き寄せ、またあの本を広げた。だけど文字が頭に入ってこない。いつもみたいにフミコの声が聞こえてこない。

なぜソーシャル・ワーカーが来たのか。

どうして母親を病院に連れていくのか。

それを誰かに確かめるまで、頭の中で鳴り始めたけたたましいアラームはやみそうになかった。ミアは心を決めてがばっとベッドから立ち上がり、制服を着替え始めた。

カウリーズ・カフェのドアを開けると、前に来たときと同じようにゾーイはカウンターの中に立っていた。

「いらっしゃい、よく来たわね」

柔らかい笑みを浮かべながらゾーイはミアとチャーリーを出迎えた。

「今日はケバブやカリーがあるわよ。お腹いっぱい食べていってね」

壁際の空いているテーブルのほうに自分たちを案内するゾーイの背中に、ミアが言った。

「今日、ソーシャル・ワーカーが家に来ました。……福祉課に連絡したの、あなたですよね？」

ゾーイはチャーリーに紙皿を握らせて、食事を取りにいきなさいという風にカウンターを指さした。そして壁際のテーブルの椅子にミアを座らせ、自分も向かいに腰かけた。

「イーヴィに聞いたのね」

ミアは答えない。

「お母さんの具合が悪いのは、あなたもわかってるでしょう？」

「いま始まったことじゃないです。ずっと母は具合が悪い。私が小さい頃からずっとそう」

「でも、最近の彼女は以前とは違うでしょ」

「そんなことないと思う」

「私はとても心配しているの」

「病院に連れていくと言われたらしいんですけど、どんな病院を意味しているか知っていますか？　母はよくわかってなかった」

「たぶん」と言った後でゾーイは息を止め、声のトーンを落として言った。

「精神科だと思う」

「どうして？」

ミアは声を荒らげて抗議するように言った。

「私がうんと小さかったときにも、チャーリーが生まれたときにも、母は病院に行ったけど、治らなかった。どうしてそんな意味のないことをするんですか？ そんなことをして何になるの？」

大声で怒鳴ったので、隣のテーブルで食事していた母子が振り返った。ゾーイは、落ち着きなさいという風に両手を広げて上下させ、カウンターのほうから心配そうに見ているチャーリーに微笑みかけ、「イッツ・オール・ライト」と唇を大きく動かして伝えた。

「彼女には、いま切実にヘルプが必要で、本人もそれを認めている。たとえ子どもでも、あなたにそれを止めることはできない」

ゾーイがそう言うと、ミアは椅子からガタンと立ち上がった。チャーリーが紙皿いっぱいに食べ物を載せてテーブルに近づいてくる。ミアは弟から視線を外し、カフェの奥の通路に向かって歩き出した。

たとえ子どもでも、あなたにそれを止めることはできない。

たとえ子どもでも……って、私はあの人の子どもと言えるのだろうか？ 母親らしいことなんてしてもらったこともない。彼女はとうに子どもも自分自身も捨てている。だったらもう少し、あと何年か、このままでいいじゃないか。私がチャーリーと二人で暮らしても保護されない年齢になるまで、このまま黙っておとなしくしてくれてたっていいじゃないか。一度ぐらい、せめて一度ぐらい私に協力してくれてもいいのに。

ミアはトイレの扉を開けて個室の一つに飛び込んだ。胸の前で腕を組んだままトイレの蓋の上に座り、右手を後ろに回してざあっとトイレの水を流した。そして水音が大きいうちに、思いきり右手で目の前にあるドアを殴りつけた。

手に痺《しび》れるような痛みが走る。左手で赤くなった拳をさすりながら、ドアの上の落書きを見ていると、「WE WANT JUSTICE《我々は正義を求める》」という言葉があった。

正義。正義なんていつ、どこにあったんだろうとミアは思った。私が図書館のテーブルの上で食べ残しのスナックを探すとき、学校でいじめられてトイレで泣いていたとき、チャーリーがきれいな巻き毛をハサミで切られて帰ってきたとき、いったいどこから、どんな正義が私たちに降ってきた？

正義なんて恵まれた人間が信じるものだ。私には、私しかいない。私とチャーリーしかいない。こんなカフェに集まってくる人がいかにも書きそうな言葉だが、自分たちのような子どもは、どんな大人にも、正義にも、頼れない。

FUCK YOUR JUSTICE.《あんたの正義にファックだ》

ミアは落書きの上に唾を吐いた。

トイレを出てテーブルのほうに戻ると、まだゾーイがそこに座っていて、食事しているチャーリーの世話を焼いていた。

「大丈夫?」

ゾーイの言葉に、ミアはしっかりと頷《うなず》いてみせた。そして明るい笑顔を作って両手の親指を突き上げてみせたので安心したようにゾーイは立ち上がり、カウンターに戻っていった。

お腹がいっぱいになったチャーリーはバスの座席に座るとすぐに眠りに落ちた。ミアはプラスティックの容器が入った紙袋を膝に載せて、窓の外を見ていた。ゾーイがまたたくさん食事を詰めてくれたのだ。

「くれぐれも気をつけて、ダブルデッカーバスの二階は運転手の目が届かないから、必ず下の階に乗るのよ。階段を上がっちゃダメよ」

そう言いながら、ゾーイはその紙袋をミアに渡した。そんなことを言う大人は、ミアの周りにはゾーイしかいない。それなのに、そのゾーイが勝手に福祉課に連絡したりして、ミアが思い描いてきた未来の計画を邪魔しようとするのは皮肉だった。

結局、私の気持ちはこの人にしかわからない。

ミアはそう思いながらリュックに手を突っ込み、フミコの本を取り出して広げた。

＊

「おお、姉さんいたか」

叔父は家に入ってくるなりそう言った。

「……よく来てくれたね」

母はそう言ったきり、土間に立ったままぽろぽろと涙を流し始めた。

さびれた寒村《かんそん》での生活に、母は耐えることができなかったのだ。それで、字が書けるようになった私に、自分の代わりに年賀状を書かせ、実家に送った。こちらの住所を書いておけば、叔父が必ず迎えにくると知っていたからだ。

叔父は、母と私を実家に連れて帰ると、小林に言った。小林にしてみれば不意打ちをくらったようなものだ。すぐに親類縁者たちが集まり、話し合いが始まった。

その焦点は、赤ん坊の春子のことだ。

そう。母は小林の子どもを産んでいたのだ。小林の実家に来る前、安宿に泊まっていた頃に母が鬼灯の根で堕胎しようとした赤ん坊は、無事に生まれてきていた。雪深い里の小屋で生まれた赤ん坊は、春子と名づけられた。寒村の冬の厳しさに耐えられない母が、春を待ちわびてつけた名前だった。

弟の賢と引き離された私は、妹が生まれたことに大喜びした。愛することができる小さな家族が戻ってきたのだ。

だが、このとき何日もかけて大人たちが話し合った結果、春子は小林の実家が引き取ることになった。そしてその話し合いがついた翌朝には、叔父と母と私はさっそく村を出ていくことになった。大家の娘の雪さんが、春子を背中におぶって私たちを村のはずれまで送ってくれた。春子はすやすやと雪さんの背中で眠っていた。

小山の裾で道が曲がるところまで来ると、ここで、という風に雪さんが立ち止まった。でも、そこで一緒に母の足まで止まってしまった。叔父に促されて何歩か前に進んだが、母はやっぱり振り返って雪さんのところに戻り、彼女の背中から春子を下ろさせて、春子におっぱいをやり始めた。眠っていた春子は起こされて一瞬泣きそうになったが、すぐに口に乳首を入れられてちゅうちゅうと力強く吸い始めた。

泣きやんだ春子の代わりに、今度は母が泣いていた。母は、春子の頰に自分の頰をこすりつけ、

「雪さん、頼みます。この子を頼みますよ」

と繰り返した。

「姉さん、行くよ」

叔父にせかされて、母は春子を雪さんの背中におぶわせ、再び歩き始めた。

振り返っても、朝の霧に包まれた二人の姿がよく見えなくなったとき、春子の甲高い泣き声が聞こえてきた。母は、いよいよ子どものようにしゃくりあげて泣き、ただ下を向いて歩き続けた。

母が賢を父の家に連れていったとき、私は大人たちを憎んだ。だけど、賢をおんぶして父の家に置いてきた母は、一人で帰ってくる道の途中で、もしかしたらこんな風に肩を震わせて泣いていたのだろうか。

大人だって子どもと別れるのが本当はつらいのだ。私はそう思って母の手をそっと握った。

＊

カウリーズ・カフェのカウンターの流しで大皿やボウルを洗いながら、ゾーイはミアの言葉を思い出していた。

「福祉課に連絡したの、あなたですよね？」

そう言ったときの彼女の小さな顔が憎悪に満ちていたからだ。ミアはまだ、自分が彼女の里親になるのを拒否したことを許していない。

だけど、それはそんなに簡単なことではなかった。もちろん、里親になる手続きを踏めば、できることではあった。このカフェでのボランティア活動を通して、地域の福祉課の人々のことはよく知っているので、キンシップ・フォスターケアと呼ばれる、家族の友人や親戚が里親になる制度が推奨されていることも聞いていた。公式な里親になればお金も支給されるし、家だって福祉課が広いところを探してくれる。経済的にも不可能なことではなかった。

それでも、娘のイーヴィのことを考えると、それはできなかった。小さい頃から、イーヴィがゾーイとミアの関係に嫉妬していたことをよく知っているからだ。

ゾーイは、図書館やカウリーズ・カフェからたくさんの本を借りてきては、ミアに読ませた。イーヴィはミアのように読書が好きではなかったし、本の感想を聞いても、大人にも考えつかないような鋭いことを言うのはミアのほうだった。イーヴィは人前で堂々と喋ったり、歌ったり踊ったりするのが得意な活発で目立つ子どもだったが、ミアは正反対で、静かだが旺盛な知識欲を持ち、本を読んだり詩を書いたりするのが得意だった。

違うタイプの子どもたちなので、ゾーイは違う接し方をしているつもりだった。が、イーヴィは、自分の母親はミアのほうを余計に気にかけていると信じるようになっていた。実際、イーヴィよりもつらい境遇で育っているミアのほうに同情し、気持ちが入る部分もあったから、子どもは鋭敏《えいびん》にそれを見抜いていたのだろう。

洗い終えた大皿やボウルの数々をティータオルで拭き、流しの下の棚に一つずつしまっていると、カランコロンとドアベルを鳴らしてカフェの扉が開いた。

「あれ、もうビュッフェは終わっちゃったのかな」

髭面の中年男性がそう言ってカフェの中を見回している。

「ええ、20時半までだから、みんなもう帰っちゃいました」

ゾーイはそう言って微笑んだ。少し前から、本をたくさん持ってきて寄付する代わりにビュッフェを食べていくようになった男性だ。

「ちょっと遅かったか」

ゾーイは冷蔵庫の中から残り物を詰めた容器を二つ取り出した。自分が持って帰るつもりだったが、本を詰めた紙袋を二つ下げて立っている男性を見ていると知らんぷりするのも酷に思えた。

「残り物でよかったら、ここにあります。持って帰りませんか？」

男性は助かったというような顔をしてカウンターに近づいてきた。そして自分が持ってきた本を取り出してカウンターに並べた。

哲学書、思想書を中心に、古いものから新しいものまで優に二十冊以上あった。

「これ、全部、読んでらっしゃるんですか？」

ゾーイが言うと、髭の男性は無言で笑った。

彼については、いろんな人から聞いたいろんな噂があった。もとは大学教授だったのだが、精神の病にかかって病院に隔離され、いまもリハビリ中だという説。全盛期にはベストセラー作家だったのが巨額の脱税が発覚して家も家族も失い、森の中でキャラバン生活しているという説。有名なロックミュージシャンが売れなくなってアナキストになり、自給自足しながら貸農園の小屋で暮らしているという説。

どの噂も、「落ちぶれた」というところが共通していた。おそらく、彼の上流階級風な英語のアクセントのせいだろう。寄付してくれる本の数を思えば、とてもキャラバンや農園の小屋で暮らしているとは思えなかったが、ゾーイはとりあえず聞いてみた。

「どうします？　食事、温めますか？」

「え、ここで食べてもいいんですか？」

髭の男性は瞳を輝かせた。

「いえ、後片づけが終わったのでそろそろ閉めて帰りますが、レンジで温めたものを持ってお帰りになられたらどうかなと思って」

ゾーイが言うと、髭の男性は豊かな顎髭を右手で触りながら少し考えてから言った。

「じゃあ、お願いします」

ゾーイがレンジに容器を入れると、髭の男性は玄関のドアの脇にあるポスターを見て言った。

「へえ、『カール・マルクスと緊縮の時代』か」

「ええ。来月、ここでやるんです。いらっしゃいませんか」

ポスターの真ん中にいるマルクスと髭の男性がよく似ていて、こみあげてくる笑いを堪《こら》えながらゾーイが誘った。

「マルクスがいま生きていたら、この時代の我々を見て、何と言ったでしょうね。『えらい時代になったな』と驚くでしょうか、それとも、『どうして君たちこんなに変わってないんだ』と怒るでしょうか」

「『万国の労働者よ、いまこそ連帯せよ』と言ったんじゃないですか？」

　ゾーイがジョークを飛ばすと、髭の男性は笑った。

「『いい加減に連帯せよ』と言ったかもしれないですね。本当に、いい加減になんとかならんのか、君たちはと」

　レンジがピーッと音をたてた。ゾーイはレンジを開けて容器を出し、スーパーのビニール袋に入れて髭の男性に渡した。

「ありがとう。それではまた」

　挨拶をして男性はドアのほうに歩いていった。

「こちらこそ、いつも本をたくさん寄付してもらって、ありがとうございます」

　ゾーイは男性の後ろ姿にそう言って送り出した。


　ミアたちがカウリーズ・カフェから家に着くと、母親はすでに寝ているのか、家の中は真っ暗だった。バス停に到着したとき叩き起こされ、半分眠っているかのようにふらふら歩いて帰ってきたチャーリーは、そのまま着替えもせずに自分のベッドに潜り込んだ。

　ミアはキッチンに行き、ゾーイに貰った食事を冷蔵庫の中に入れた。

　キッチンの窓から、金色の車のライトが団地の壁を明るく照らしているのが見えた。あのきらびやかな光は一台じゃない。複数の車のライトが壁に当たっている。窓際に立ってよく見ると、一台はパトカーだった。あと二台はふつうの乗用車だが、並んで止まっているので警察の車だろう。

この時間だったら、ＤＶかオーバードーズ。でも、救急車が来ていないから違うかもしれない。

小さい頃、ミアは時おりこうして暗闇にきらきら光る車のライトが好きだった。夜の団地にパトカーや救急車が来るたび、金色の光が団地の壁の上をぐるぐる回るのがきれいだと思った。まるで夜の移動遊園地みたいだと喜んでいた。

だけどもちろん、いまはそんなことは思わない。

ミアはキッチンの電気をつけた。寝室ではチャーリーが眠っているから、起こさないようにここで本の続きを読むことにした。椅子に座って本を開くと窓の外を照らしていた金色の光が消えていた。パトカーはすでに団地から走り去っていったのだ。

＊

小林の里から二日ほど歩いて、私たちは母の故郷の村に辿り着いた。

母は若い頃に勤めていた製糸場に働きに出ることになったので、私は叔父の家に引き取られた。

しかし、しばらくすると、母は親戚たちに呼び戻され、叔父の家で話し合いが行われた。

「先方には子どもが三人あるようだが、みんなもう大きくて手はかからんという話だ」

「商売もうまくいっていて、暮らし向きは悪くないらしい。こんな田舎で暮らすより、街に住んだほうがお前の性格にも合うんじゃないかい」

祖父母と叔父夫婦は、実家に戻ってきた母親の「片づけ先」を見つけたのだった。女が家に一人でいると、家族はその「片づけ」を始めることを私は知っていた。「隣の村に片づいた」とか「あの娘も片づいた」とか、いつも大人たちが話しているのを聞いていたからだ。

塩山《えんざん》という駅の近くで雑貨屋をしている人が、母を後妻に望んでいるらしかった。母は黙って話を聞いていたが、しばらく考え込むように沈黙し、ぼそりとこう言った。

「じゃあ行ってみるか」

私は驚いて母の顔を見た。こんなにもあっさりと、遠くの街に「片づく」ことを決めるとは信じられなかったからだ。

「母ちゃん、お願いだから行かないで」

私は母の首にしがみついて頼んだ。父だけでなく、母まで私を捨てようとしていたからだ。

こうして私は叔父の家に取り残され、また無籍のために学校でいじめられた。夏の終わりになった頃、母が里帰りしてきて、自分の新しい家を見せたいと言い、私を塩山に連れていった。

塩山駅のそばにある雑貨屋は、いつもお客さんが入っていて、けっこう繁盛している感じだった。その家の子どもたちとは仲良くなれたが、母と結婚した男の人は冷たかった。そのせいもあり、二晩も泊まると、私は叔父の家に帰りたくなった。母にそう告げると、意外にも彼女は寂しそうな顔になった。だけど、私が考えを変えないことがわかると、私のために作ったという巾着《きんちゃく》や細紐《ほそひも》を出してきた。

「気をつけてお帰り。くれぐれも、気をつけて……」

母は泣きそうな声で言った。それを聞くと、私の気持ちも少し柔らかくなったが、もう情にはほだされなかった。彼女が自分の幸福のために私を捨てていったことには変わりないからだ。

母は子どもと別れるときに涙を流す。だけど、本当に情があれば、私を捨てなかったはずだ。賢だって、春子だって、捨てずに自分で育てたはずだ。それを放棄しておいて、めそめそ泣いても言い訳にはならない。

私は母に別れを告げてさっさと歩き出し、一度も振り返ることはなかった。母の弱さと涙は悲しかった。だけど同じぐらいに、私はもうそれにはうんざりしていた。

＊

「母さんが鬱っぽくて、うんざりする」

校庭の隅にある楡《にれ》の木の下でチョコレート・バーをかじりながら、レイラが言った。

「またすごい食べるようになって、急に太ってきたなと思ってたら、夜、眠れないとか言って、夜中の3時とかにキーボード叩いて仕事してるし……」

ミアは黙って聞いていた。

「ねえ、母親に死にたいって言われたことある？」

レイラはそう言って中指にべっとりついたチョコレートを舐《な》めた。

「言われたこと、あるの？」

「うん。父さんと離婚する前、母さんが鬱になって、死にたいって言った。もう死なせてって。あのさ、子どもにそんなこと言うのって、反則じゃない？」

小柄なレイラは、小首を傾《かし》げてじっとミアを見上げていた。

「あの頃、眠れないって言って薬をいろいろ飲んでたから、飲み合わせが悪くてそうなったんだっておばあちゃんは言ってたけど。カウンセラーを変えて、離婚して、ちゃんと治ったと思ってたけど、また最近、出てきた気がする。あのときもこんな風に始まったから」

「……」

「暗いクリスマスになりそうで、嫌な感じ」

レイラはリュックのポケットからiPhoneを出し、時間を確認してから、

「授業、始まるよ。行こうか」

とミアを誘った。二人は校舎に向かって歩き始める。

「……ねえ、誰かに死にたいって言うってことは、助けてほしいってことなんじゃゃ

ないかな」

ミアが言うと、レイラが驚いたように顔を上げた。レイラの言うことに、ミアが何か意見を言うのは珍しかったからだ。

「つまり、もっと生きていたいから、そのために助けてってことじゃないの?」

ミアがそう続けるとレイラが答えた。

「うん、私もそう思う。けど、そんなこと言われても子どもに助けられるわけないじゃん」

「……そりゃそうだよね」

「無責任なんだよ」

「……」

レイラは校舎の入口のそばに並んでいるロッカーの前で立ち止まり、リュックを中に突っ込んだ。ミアはリュックを背負ったまま、レイラと一緒に美術室へ歩いていく。

レイラの母親は、無責任じゃないから鬱になるんだろう。ちゃんと仕事に行って、きちんと子育てをして、そういうのがたまにきつくて苦しくなるから、誰かに助けてと言いたくもなるんだろう。

ミアの母親は無責任だ。仕事にも行かないし、子育てもしない。だったら鬱にな
る理由はなさそうなのに、それでも一日中、部屋に籠って寝ている。
男がいないからだろう。フミコの母親と自分の母親はそこが同じだ。男がいない
と生きていけないのだ。

そんなことを考えながら教室に入っていくと、窓際からじっとこちらを見ている
強い視線にミアは気づいた。ウィルだ。あいつはこのところ、ちょっとおかしい。

いつも変な目つきで私のことを見ている。

いつものように最後列に座ると、レイラが上半身をミアに傾けながら言った。

「ねえ、またウィルが見てるよ」

ミアが何の反応も返さないので、レイラがダメ押しするように言った。

「彼さあ、ひょっとして、あなたのこと好きなんじゃない？」

ミアは、首を振りながら片眉を上げた。

「そんなわけないでしょ。……単に、私のこと珍しがってるんだよ」

「珍しがる？」

「うん。スマホとか使わないし、インスタとかもやらないし、本ばかり読んでる『む
かしの人』みたいな女子、って前に言ってたらしいから」

「誰に?」

「イーヴィに」

「ああ、あの二人、ちょっとつきあってたことがあったっけ」

中学生の恋愛事情は忙しい。告白してつきあって、一週間ぐらいで別れてまた別の誰かとつきあう。そんなことの繰り返しだ。つきあう行為より、つきあっていると宣言したり噂したりすることを楽しんでいるような感じだ。とくに派手なグループの生徒たちは、たぶんみんな一度は互いにつきあったことがあるんじゃないかというぐらい、常にそういう話題を振りまいている。

ミアの母親が居間のテーブルの上に積み重ねている「!」がついた雑誌みたいなものだとミアは考えていた。校内セレブたちは本物のセレブのミニチュアみたいに、くっついたり別れたりして他の生徒たちにネタを提供し続けている。

「ねえ、あんなに熱い視線で見られてるんだから、ちょっと笑い返してやったら?」

ミアは黙って下を向き、リュックから本を出して机の下で広げた。

男なんて、不幸の元凶だ。この本も、自分の母親も、同じことを教えている。

「でもさあ、ウィルみたいな男子にあんな風に見られるなんて、ちょっとすごいね」

レイラはしみじみとミアのほうを見ていた。その視線には妙なリスペクトのようなものが籠《こ》められている。

これまでずっと教室で隣に座り、一緒に休憩時間を過ごしているのに、レイラからこんな視線で見られたことはなかった。彼女はいつも一方的に自分のことを話し、ミアにはあまり関心を持っていないようだった。自分の家や生活のことを明かしたくないミアにとってそれは好都合だった。

それなのに、ウィルがミアを見ているという、それだけの理由で、レイラがミアに関心を持ち始めた。ある男子に見られているから、自分の価値が急に上がるなんておかしな話だ。私は私だ。私の価値を決めるのは私。それを外側から上げ下げする人間がいるのはムカつく。そう考えると急にウィルが迷惑な存在に思えてきて、ミアは一番後ろの席からウィルを睨んでいた。

6. 本当のことは誰にも言えない

いつの時代の壁紙なんだ？
ニコチン吸い過ぎ金色に変色
いまの時代の壁紙なんだ
カーテン越し　金色の光が回転
ホワイトとかブラックとかブラウンとか
あたしの知ってるカラーはそんなんじゃない
肌の色じゃない　人の色じゃない
それは緊急事態の金色
ひび割れたガラス窓から

いつも見ている夜の金色
闇の中をキラキラやってくる救急車のライト
団地の少女たちを迎えにくる車のヘッドライト
放つ光はビューティフル・ゴールド
闇夜にきらめくラブリー・ゴールド

「ミア、今日も授業中にこういうの書いてたよ」

そう言って放課後に通路でそのプリントを渡してきたのはレイラだった。どうして彼女がそんなものを自分に持ってきたのかわからなかったが、渡されたとき、ウィルはちょっと赤面した。

「ミアにラップのリリック書いてほしいんでしょ?」

「あ、……ああ、ありがとう」

気が動転していたウィルはとりあえずレイラに礼を言った。

ウィルはその場を逃れるように階段を駆け上り、いつものように音楽部の部室に行って、窓辺の宅録機材が置かれた机の椅子に座り、急いで広げた。

それは歴史の授業で先生が配ったプリントだった。真っ白な裏面にブルーのボールペンでそのリリックは書かれていた。

ウィルはそこに書かれていた言葉に釘付《くぎづ》けになった。今日、下を向いて一心に本を読んでいたミアの丸い頭部に日の光があたり、きらきら金色に輝いていたのを見て、母が自宅の前庭にたくさん植えているマリーゴールドの花を連想してぼんやりしていたことを思い出したからだ。

ミアも「金色」について書いていたのはすごいシンクロだと思った。

だが、同じ色についてでも、ウィルは花を思い出していたのに、ミアのゴールドは救急車のライトの色だった。同じ色から連想するものが、ミアと自分でこれほど違っているのだ。

「あの界隈には近づくな」と周囲の大人たちが言う公営団地にミアが住んでいることや、彼女の家庭のことをウィルは少しだけ漏れ聞いていた。母親がママ友たちから噂を聞いてきて、チャーリーを「恵まれない家庭の子」と呼んでいた。

「依存症の問題を抱えたシングルマザーの家庭で、貧しいからいつもサイズが小さくなった制服を着ているのよね。それをルイがからかっていじめているらしいの。親が精神的に不安定なせいか、チャーリーはいつもおどおどして気の弱い子どもだから、それをいいことにルイがひどいことばかりしている。いったいどうしたらいいのかしら」

そう言って、母親が父親に相談しているのを聞いたことがある。

ウィルがミアをリアルだと思うのは、たぶんそうしたことが関係しているのだった。ヤバいラップのリリックは、ミアが暮らしているような場所から出てくる。だから、彼女と一緒に音楽をやれば、クールなリリックが出てくるだろうと期待していたのだ。

だが、実際に彼女が書いた言葉を読むと、ウィルの胸は潰れそうになった。

陽だまりに揺れるマリーゴールドなんか想像してしまうおめでたい自分と、暴力やドラッグや依存症者のために団地に走ってくる救急車のライトを連想するミア。同じゴールドでもあまりにかけ離れ過ぎている。ウィルは恥ずかしい気持ちでいっぱいになった。リリックを読み返すと、暗い部屋で膝を抱えて救急車のサイレンの音を聞いているミアの姿が浮かんだ。なんとも言えない気持ちになってウィルは俯いた。

「YO！　ブロー！　新しいラップできたぜ。めっちゃかっこいいリリック思いついた。最高にワルくてドープ」

黙って宅録機材の前に座っているウィルの肩を、キムが叩いた。

「聞いてみる?」

キムはiPhoneのイヤフォンをウィルに渡そうとしたが、ウィルは右手の掌《てのひら》を立ててそれを制止した。

「いや、いまはやめとく」

恵まれた世界で作られた「最高にワルくてドープ」なラップなど、ちょっといまは聞く気になれなかった。

あれ? おかしいな、とミアは首をひねった。

フミコの本にしおり代わりに挟んでおいたプリントがなくなっているからだ。今日、授業中にプリントの裏に詩を書いたりして遊んでいたのだが、そのうち飽きて本を読み始め、プリントを畳んでしおりの代わりに使うことにしたのだった。

教室を移動するときにどこかに落としたのだろうか。

誰かに詩を読まれたりしたら嫌だな、と思ったが、名前は書いていないから誰のものかはわからないだろう。おかげでどこまでフミコの本を読んでいたかわからなくなったが、確か母親が再婚していなくなるところじゃなかったっけ、と思いながらミアは本を開いた。

チャーリーにおやつも食べさせたし、宿題もさせたので、これからしばらくは自分の時間だ。ミアはキッチンのテーブルの上でしばらく本のページをぱらぱらめくっていた。そしてようやく読みかけだったページに行き当たり、再びフミコの世界に入っていった。

＊

涼しい秋が終わり、冬がやってくる頃、山梨の叔父の家に、思いがけない人が訪ねてきた。私はまだ会ったことがなかった父の母親、つまり私の祖母にあたる人がやってきたのである。

母方の祖母と同じく五十代だというが、その人は肌もつやつやとして若々しく、どこかの名家のご隠居さんみたいに「お金を持っている」ことを見せつける服装で田舎の農家に現れた。村中の人々が「あれは誰だ」と囁《ささや》き合った。

「おまえのお祖母さんは、おまえを迎えにきたんだよ」

叔父にそう言われたとき、私はびっくりした。

が、なぜか同時に、ついにそのときが来たのだと直感した。小さい頃、学校に行けなくて古新聞の記事を見て自分で物語を拵えて遊んでいた時分に、こういう話を私はいくらでも作った。

いくつも夢物語を想像して拵えては、そんなことは現実には起こるはずないと思っていた。そのくせ、私は心のどこかで待っていたのだ。いつか必ず、ここことは違う別の世界に行けると信じていた。私は母親のように諦めたくなかったからだ。何かを望むことをやめて、しかたがないと我慢して生きるより、ここと違う世界はあると想像することを選びたかった。

だからこそ、本当に別の世界からの迎えがきたのだと思った。信じなければこの迎えはこない。そしてこの日が来ることをどこかで知っていたから、私は決して諦めなかったのかもしれない。

とはいえ、こういう話が大人たちの間で交わされていたことは初耳だった。この裕福な祖母は朝鮮に住んでいて、そこには父の妹、つまり私にとって叔母にあたる人も一緒に暮らしているという。叔母は結婚していたが、子どもがいない。それで、いつまでも子どもができないようだったら、私を引き取るという話が、私が三つか四つぐらいの頃からあったというのだった。

「遠い朝鮮に連れていくのだから、この子には決して何一つ不自由はさせません。

必要なものだけでなく、玩具でも何でも、好きなだけ買ってあげますから、どうぞ心配はなさらぬように」

祖母がそう言うと、母方の親類縁者も近所の人たちも涙ぐんだ。

「ほんとにふみさんは幸せだ」

「ほんとに、良かったなあ……。こんな幸せが待っていたなんてなあ」

母も叔父の家にやってきて、みんなと一緒に喜んでくれた。祖母は、母と叔父にこう約束した。

「尋常を卒業したら女学校に入れて、成績が良ければ女子大学にも行かせることになるでしょう。そうなればもう朝鮮ではどうにもならない。東京の大学に寄越すことになると思うんで、そのときが来ればいつでも会えますよ」

女子大学……、私の心は躍った。

女学校のみならず、その上の学校にも行かせるというのだ。

夢のようだった。ああ、私は勉強をしよう。玩具なんていらない。たくさん本を読んで、女子大学まで行かせてくれる祖母や、私を養女に迎えてくれる叔母夫婦のために、勉強しよう。それがこの幸福への恩返しだ。私は心からそう思った。そう考えると、身がぴりりと引き締まるようだった。

祖母に連れられて朝鮮に発《た》つ日、それは抜けるような青空が広がる晴天の日だった。何日もしとしと降り続いた雨が急にからっと上がり、天気さえ私の旅立ちを祝福しているようだった。

少し肌寒い朝だったが、誰もが幸せな少女の門出を祝っていた。素朴で優しかった叔父や、何かと世話を焼いてくれた叔母や祖父母、一緒に遊んだ近所の子どもたち。彼らと会えなくなるのは寂しかったが、それよりも遥かに大きな希望で、私の胸は高鳴っていた。朝鮮。行ったことのない土地で、新しい生活が私を待っている。ここことは違う世界に、本当に私は足を踏み出すのだ。

＊

ミアはパタンと本を閉じた。フミコが唐突に幸福になったことに拍子抜けしたからだ。

遠い時代の遠い国に生きていた少女が、ひどい虐待や差別や貧困から抜け出せるといいと願っていた。だが、まさかこんな一発逆転のおとぎ話になるとは想像していなかった。

これじゃつまらないと思った。そもそも、朝鮮に住んでいる祖母のような人がいたなんて、最初からフミコはミアのような子どもとは違っていたのだ。

ミアは母方の祖母しか知らないが、十代で子どもを産んで、その頃からアルコール依存症で、ミアの母親と同じようにこの団地でシングルマザーとして暮らし、肝臓の病気になって三十代で死んだと聞いている。ミアは赤ん坊のときに抱かれたりしたことがあるらしいが、そんなことは覚えていない。

父親には会ったこともないし、どこにいるか、生きているのか死んでいるのかさえわからない。だから、もちろん父方の祖父母なんて誰だか知らない。もしかしたら、血が繋がっている人たちと一緒のバスに乗っていたり、スーパーのレジの列で前後に並んでいたりするかもしれないと思うときがある。でもミアは彼らのことを知らないし、向こうもミアのことを知らない。ということは、単なる他人と同じことだ。

どんなに苦しい体験をしても、家族や親戚がたくさんいるだけ、まだフミコのほうが幸福なのだ。預けられるとしても家族のところだから、どこに行っても連絡を取り合えるし、互いにどうしているか情報も入る。

逆にいまの時代のほうが、誰が親戚かなんてわからない。それに、もし親が子どもを福祉に取られて里親に預けられたり、養子縁組されたりしたら、もうそれっきりになる。なんとかっていう法的な決まりがあって、もとの家族は勝手に連絡を取ったりできなくなると近所の人たちが話していた。

翌日、ミアは学校でフミコの本を読まなかった。おとぎ話の続きを読む気になれなかったからだ。

最後の授業が終わってレイラと一緒に教室から出ようとすると、後ろから唐突に呼び止められた。

「ミア、ちょっと待って」

振り返るとウィルが追いかけてきている。

「これ、よかったら読んでみて」

ウィルはクリップで留められた紙の束をミアに差し出した。

「何？」

「ケイト・テンペストって知ってる？」

「……」

「って言うか、いまはノンバイナリーをカムアウトしてケイ・テンペストって改名してるんだけど、戯曲や小説も書いている有名な人。その人のラップのリリックをプリントアウトしてきたんだ。YouTubeで彼女の曲、たくさん聞けるよ。すごく、とにかくいいんだ。リンクをメールするよ」

ウィルは意を決したように、ぺらぺらと一息に喋った。

レイラが思わせぶりににやにやしてウィルとミアの顔を交互に見ていた。窓際の席から立ち上がってこちらに歩いてきているラグノールとキムも意味ありげに笑っている。

「私、スマホ持ってないから」

ミアが答えるとレイラが言った。

「持ってるじゃない」

レイラがミアにくれた古いスマホのことを言っているのだと気づき、ミアは言い直した。

「って言うか、スマホ使ってないから」

「メールアドレスはあるよね」

「作ったことあるけど、全然使ってないし」

家にパソコンがない、とはミアには言えなかった。何年か前に、小学校の保護者会が地域のチャリティーと協力して、家にパソコンがない子どもたちに無料でタブレットを貸与《たいよ》してくれたことがあった。でも、母親がビールをこぼしてしまって動かなくなり、修理してもらったり、新しいものと取り換えてもらったりするには保護者会から書類を貰って手続きする必要があると言われて母親が面倒くさがり、そのままになっていた。

「私にメールとか送ってもらっても、意味ないと思う」

現実問題としてメールを見る手段がないからミアはそう言った。

でも、事情を知らない人が聞いたらひどく失礼な拒絶の言葉に聞こえるだろうなとも思った。だから、とりあえず、ウィルが差し出した紙の束だけは受け取ることにした。

「これは、貰っとく。ありがとう」

ミアはウィルから貰った紙の束を握りしめ、レイラと並んで教室を出た。レイラが不思議そうにミアに聞いた。

「なんでスマホ使わないの？」

「なんか、面倒そうだなって。連絡がついちゃうと、いろんなところにいろんな人が追いかけてくるみたいで、気が落ち着かない気がして」

「だけど、そんなことしていると、情報がわからないじゃん」

「情報とかって、そんなにいろいろ知ってないといけないのかな」

ミアはぼそりと呟《つぶや》いた。

「うちは貧乏だからスマホもパソコンも情報も買えないんだよ」と正直に言ったら、レイラやウィルやラグノールやキムはどんな顔をするだろう。少なくとも、もうにやにやはしていられないだろうし、気まずくなって会話はそこで止まってしまうだろう。雰囲気は重苦しくなり、みんながミアに気を遣い始める。本当のことを言ったら、もう彼らの一人ではいられなくなるのだ。ミアはきゅっと口をつぐんだ。


「最近、ミアはどんな感じ？」

居間のソファに座ってスマホをいじっているイーヴィに、ゾーイが尋ねた。

「いつもと変わらない……。ミアの家、ソーシャル・ワーカーがまた来てるんでしょ」

イーヴィは顔も上げずにそう答えた。紅茶のマグを二つ手に持って居間に入ってきたゾーイは、イーヴィの前にそれを一つ置き、自分の前にもう一つを置いてどっかとソファに座った。

「ミアたちの家は常にサポートされることになっているんだけど、福祉課の人手が足りないから、長いこと放置されていただけ。私が電話しなかったら、ずっとそうだったと思う」

イーヴィはスマホをテーブルの上に置いて、紅茶に口をつけた。

「ねえ、ソーシャルが本気で介入したらどうなるの？　ミアとチャーリー、ソーシャルに取り上げられちゃうの？」

「ちゃんとソーシャル・ワーカーって言いなさい。それに、『取り上げられる』なんて言い方は間違ってるからやめてちょうだい」

このあたりに住む人々は、ソーシャル・ワーカーのことをソーシャルと略して言う。ソーシャルがまた来やがったとか、ソーシャルに目をつけられないようにしておこうとか、団地の通路や駐車場で喋っている。その同じ言い方を自分の娘がすることをゾーイは嫌がった。

「福祉は子どもたちを保護するのであって、取り上げているわけじゃないの」

ゾーイが言うと、イーヴィは「はい、はい」と言わんばかりに肩をすくめた。

「だけど、最近はミアたちのお母さん、おとなしいよね。前みたいに、人声出して男の人と喧嘩したりしないし、ハイになって叫ぶわけでもないし」

「だから逆に心配なのよ。閉じ籠って、またひどい鬱になってるんじゃないかって」

「また、って？」

「彼女には、そういう過去があるのよ」

ゾーイはそう言って紅茶を飲んだ。むかし、ゾーイはミアの母親と友だちになろうとしたことがあった。だが、何度も彼女に裏切られ、仕事に行っている間に家からお金を盗まれたときに不毛な努力はやめようと決めた。

それでも、彼女が鬱になってオーバードーズで死にかけたことや、自殺未遂したことがあることをゾーイは知っている。うるさく問題を起こしているときは、かえって元気なのだ。彼女は静かになったときこそ危険なのである。

「そう言えば、ウィルがミアのことをすごく気に入っていて、果敢にアタックしてる。一緒にラップやりたいんだって」

そう言いながらイーヴィはくすっと笑った。

「ミアがラップなんて、全然似合わないけど」

イーヴィの笑い方が気になったゾーイは、娘をたしなめるように言った。

「ラップはファッションや人種やルックスでやる音楽じゃないの。何を歌っているかが問題なんだから。ラップはストリートの人間が書く詩だから誰だって書ける。似合うとか似合わないとか、そういう音楽じゃない」

「だけど、ミアは目立つの好きじゃないし、ラップする姿とか考えられない。音楽部に入ってるわけでもないし」

「チャーリーがいるから、ミアはクラブ活動なんてできないでしょ。あなただって下に妹や弟がいたら、同じだったと思う。私は仕事しないといけないし、学童保育に払うお金なんてうちにもないから」

つい自分の声音《こわね》がきつくなっていることに気づき、ゾーイは言葉を止めた。いつもそうだ。ミアのことになると、どんどんイーヴィを叱るような調子になってしまう。

ミアが万引きしているような姿を見ればイーヴィが家からパンやビーンズの缶詰を持っていこうとするのは知っている。なんだかんだ言っても、小さい頃には一番の親友だったのだ。イーヴィは困っている友人を見捨てたりしない。

それでも、年齢が上がるに従って、イーヴィがどこか嘲笑《あざわら》うような距離をもってミアについて話すときが増えたことにゾーイは気づいていた。そして、そのことを考えるとある種の罪悪感を覚える。

「こんな団地から出ていくことができる人間になりなさい」と言って彼女を育てたのは自分だからだ。本当にそれができる人間になるということは、もしかしたらこういうことかもしれないのだ。イーヴィは、ミアや彼女の家族を「ここに残る人たち」として見ている。だから、ミアにやさしい同情を寄せていても、それは同胞に注ぐものというより、かわいそうな人への目線になっている。そしてそれは、ふとした拍子に嘲笑《ちょうしょう》的な目線に裏返るときがあるのだ。

ゾーイが沈黙しているとイーヴィのスマホが鳴った。イーヴィは急いでそれを手に取り、新しいメッセージをチェックしている。俯いた娘の長く分厚いまつ毛を見ながら、ゾーイはイーヴィが自分のマスカラを使っていることに気づいた。

7. リリックの伝染

幸福になったフミコの本を読む気になれないし、それ以外に読む本も借りていないので、ミアは夜を持て余していた。

ミアはふと思い出してリュックの中から白い紙の束を取り出した。ウィルから学校で渡された、聞いたことのない名前のラッパーが書いたリリックの束だった。どうしてこんなにたくさんプリントアウトしてきたのかわからないが、読みがいはありそうだ。

ほんの暇つぶしのつもりで読み始めたが、すぐにミアの目は釘付けになった。ミアは紙の束を貪るように読み、再び冒頭から読み返した。

驚いた。そこに書かれているリリックは、ミアが住んでいる団地で起きていることとを、ここで暮らす人々の日常を、本当《リアル》に知っている人のものだった。しかも、この人のリリックがすごいのは、それをギャングスタ風のイキった表現ではなく、ふつうの言葉で書いていることだ。貧困やドラッグやアルコールをグラマラスな小道具にするのではなく、そこにいる人たちの生活の中にあるものとして淡々と描いている。何よりもミアを驚かせたのは、それらを自分の話としてではなく、ストーリー仕立てにして書いているところだ。「私」ではなく、「ベッキー」とか、「ハリー」とかいう架空の主人公を登場させて、お芝居みたいに語っていくのだ。

ミアはケイ・テンペストがここに書かれた詩をどんな風にラップするのか猛烈に聞いてみたくなった。YouTube に上がっているとウィルが言っていたが、ミアの家にはネットがないし、母親の携帯はアンティークみたいな機種だ。

しかたがないので、ミアは、ウィルから貰った紙の束の一枚目に印刷されたリリックを自己流のラップにして読んでみた。なかなかいい感じに思え、体を揺らしながら続きもラップしてみる。知らない間に声が大きくなっていたのか、二段ベッドの上で寝ていたチャーリーが、「うーん」と言って寝返りを打った。

ミアは急いで即席のラップをやめ、二段ベッドの下で息を殺した。チャーリーは寝ている途中で目を覚ますとなかなか眠りにつけなくなるからだ。

ミアは白い紙の束をリュックの中に戻した。

まだ眠くはない。それどころか、自己流のラップを歌っていたせいで頭がすっかり冴《さ》えている。ミアは再び手を伸ばしてリュックを取り、フミコの本を取り出した。つまらない本（フミコが幸福になったことで、ミアの中ではすでにそういう位置づけになっていた）でも読まないと、眠気が襲ってきそうになかった。

＊

私が日本から朝鮮に渡ったのは、大正という時代が始まった年だった。新しい時代。それが私の前にもきらきらと輝きながら広がっているはずだった。

長旅のあいだ、私はずっと夢でも見ている気分だったが、それでも、時間が経《た》つにつれて、祖母と私の間にある距離を感じるようになった。

この祖母は、もう一人の田舎の祖母みたいに、しゃがんで私の頭を撫《な》でたり、顔についた汚れを手で払ったりすることがなかった。食べ物で口の周りが汚れていたりすると軽蔑するような眼差《まなざ》しでこちらを眺め、自分で何とかしなさいという風に自分の口元を指さした。

祖母は必要なことだけを話すと口をつぐみ、会話を続けたくないという空気を体中から発散させていた。それはとても冷ややかで、一分の隙もなく着飾った、命のない人形のようだった。

もしかすると、私は祖母が思い描いていた子どもと違ったのではないか。祖母が冷たい人形になるたびに、私の不安は大きくなった。

こうして気まずい旅の果てに、ようやく私たちは朝鮮に辿り着いた。叔母夫婦と祖母が暮らしている家は、芙江《ふこう》という村にあった。線路の北側の「山の手」と呼ばれる高地にあり、藁《わら》ぶきの家は古くてそれほど富裕な感じはしなかったが、屋敷内は広かった。

初めて会った叔母は、すらりと背が高く、上品な顔立ちが少し父に似ていた。彼女もまた、祖母と同じように人形のような印象だった。「よく来たね」と抱擁《ほうよう》してくれるわけでも、手を握ってくれるわけでもなく、丹念に私の姿を見回し、品定めをしているようだった。

彼女の夫である叔父は、無口でおとなしい人だった。鉄道の仕事をしていたが、汽車が事故を起こしたのでその責任を取って辞職し、田舎に引き籠ってのんびり暮らしているという。

朝鮮の家に着いて間もなく、家を訪ねてきた女の人が私に気づき、祖母にこう言った。

「まあ、いい娘さんね」

祖母は眉一つ動かさずに答えた。

「ああ、これは知り合いの家の子なんです。ひどい貧乏育ちだから、行儀も知らないし、言葉づかいも下卑《げび》ていて、こちらが恥ずかしくなるんですけどね。あんまりかわいそうだったんで、うちで預かることにしたんですよ」

知り合いの家の子。祖母は私を自分の孫とは呼んでくれなかった。言葉づかいも下卑ていて……。旅の間にだんだん広がっていった祖母と私の距離の原因が何なのかわかった気がした。

祖母は、私の祖母であるように人から見られるのが恥ずかしいのだ。

他人から私について聞かれるたび、祖母は同じように答えた。そして私にも、絶対に祖母や叔母と血が繋がっていることを人に言ってはいけないと言い聞かせた。

「子どものおまえにはわからないだろうけど、私たちは戸籍の上では他人ということになっているからね。本当のことが知れると、おまえもおまえの親もみんな赤い着物を着せられるんだよ」

赤い着物を着るということが、刑務所に入れられることを意味しているのは私も知っていた。私はとても怖くなった。たいへんな爆弾を抱えて私はこれから生活しなければならないのだ。このときから、私は誰にも本当のことを言えなくなったのだった。

＊

フミコの行く手がまた怪しくなってきた。そう思いながらミアはページをめくる手を止めた。

だいたいこのグランマ、ひどくないか。そもそも叔母さんと叔父さんの子どもにすると言って貰われてきたはずなのに、グランマがやたら幅を利かせ過ぎだろう。だけど貧乏育ちで言葉づかいが悪いから血が繋がっていると思われたくないなんて、そういうところは日本人も英国人と同じだなと思った。

ミアも自分の発音がミドルクラスの子たちと違うことを知っている。レイラやウィルのような、単語の最後の音までしっかり発音してゆっくり喋る子たちと自分の話し方は違う。ミアはあんな風に口の中にプラムでもふくんでいるみたいなまろやかな英語は喋らない。

一部の子たちはミアたちが団地で話している英語をクールだと思っていた。それでも、ラグノールやキムがわざとそういう話し方をすると、ミアには単なる真似《まね》だということがすぐに聞き取れる。英国では、こういう風に生まれ育った場所や職業で人の喋り方が分かれていることを「階級」と呼ぶのだが、日本もそうなのだろう。たぶん、それは世界中どこにでもあるんだろうとミアは思った。世の中にお金がある以上、持てる者と持たざる者がいるのは万国共通だ。

だけど、団地に住んでいても喋り方が違う人たちもたまにいる。例えば、イーヴィがそうだった。イーヴィがああいう喋り方をするのは、ゾーイがエロキューションという発音矯正のレッスンをイーヴィに受けさせたからだ。小学生の頃、イーヴィは毎週、家庭教師からレッスンを受けていた。移民の家の子どもでエロキューション・レッスンを受けている子はいたけど、イーヴィのように英国で生まれ育った親と暮らしているのに発音矯正を習っている子は他にいなかった。ゾーイも標準的な発音や話し方をしているけど、たまにジャマイカ系の訛《なま》りが混ざるときや、団地風の喋り方になるときがある。だけど、イーヴィは、さすがに発音を矯正されただけあってパーフェクトにミドルクラスの人たちのように話す。

「たくさん本を読んで、ここことは違う世界に行きなさい」

ミアやイーヴィがまだ小さかった頃、ゾーイはよくそう言ったものだった。ゾーイは、本当にイーヴィをそのために準備させてきたのだ。

ゾーイは、この団地の住人がいつまでも同じ世界――つまり、この階級――に留《とど》まることをいいことだと思っていない。娘には違う世界に行ってほしいと考えている。それはたぶん、ゾーイが自分ではできなかったことだからだ。

母親はどうなのだろう、とミアは思った。彼女はここから出ていきたいと考えたことがあるのだろうか。

ミアは、今日キッチンのテーブルの上に見つけた手紙のことを思い出した。すでに封が開けられていたので中を見ると、それはＮＨＳ（国民保健サービス）からの手紙だった。メンタルヘルス専門のソーシャル・ワーカーが母親に会いにくるという。簡単なアセスメントをすると書かれていた。何のアセスメントなんだろう。

彼女にどんな支援が必要か？

入院が必要か？

子どもを養育する能力があるか？

子どもを保護する必要があるか？

手紙の上のほうについたＮＨＳの青いロゴが不気味に頭の中に焼き付いていた。福祉課だけのときはまだいいのだ。ＮＨＳまで介入してくるとろくなことがない。近所のおばさんたちがいつも言っていることだ。

チャーリーが赤ん坊の頃、母親が依存症のリハビリ施設に入ったときには、チャーリーの父親が一緒に住んでいたのでミアたちは保護されずにすんだ。近所にはゾーイもいたし、あの頃は彼女がミアの母親のようなものだったので、別段それまでと生活は変わりなかった。

だけどいまは違う。母親がいなくなったら、ミアとチャーリーはここにはいられなくなる。もうずっと前から自分たちにとって母親はいないも同然だから、いてもいなくても何の変化もないのに、公式には保護者がいないと子どもは生きられないことになっている。

ベッドサイドのランプをつけただけのほの暗い部屋の窓から、丸い月が黄ばんだ電灯のような色で浮かんでいるのが見えた。二段ベッドの上からすうすうと規則正しいチャーリーの寝息が聞こえる。

不安をかき消すようにミアは再び本を開いた。

いろいろ先のことを想像すると次から次に悪い考えが浮かんできてしまうから、いまはフミコの話に没入したほうがいい。

*

朝鮮に着くとまもなく、私は村立の小学校に編入した。三十人ほどの子どもたちが通う平屋の小さな学校だった。祖母はこう言った。

「ふみ、よくお聞き。金子《かねこ》のような貧乏人の子なら勉強ができなくても差し支えないが、かりにもこれからは岩下の子として学校に上がるんだから、そのつもりでしっかり勉強をおし。家柄が下の子に負けたり、私らに恥をかかせたりしたら、すぐ岩下の名を取り上げるから」

岩下という名は、叔父の苗字である。祖母は、叔母にしっかりした相手を見つけて結婚させたが、養子を取るという形は取らず、いちおう岩下の名を叔母に名乗らせていたのだ。

祖母と叔母夫婦は、広い庭の中にあった別棟の一間を私の勉強部屋にした。学校から帰ったら勉強部屋に籠って1時間は復習するように言われていたので、毎日、私は言いつけを守って勉強した。

だが、じきにあることに気づいた。私はあまり勉強しなくても、いろんなことがわかってしまうのだ。まともに学校に通っていないし、周りの大人が読み書きを教えてくれたわけでもないのに、6年生が読む本でもすぐ退屈に感じるようになってしまった。算術だって、一度も本気になって考え込むような問題にぶつかったことはなく、先生より先に暗算で答えを言えるようになった。

だから、すでにわかっていることや覚えていることを、何度も何度も復習させられるのは退屈だった。私は9歳の子どもだったのである。

「お祖母さん、私、復習なんてしなくても大丈夫だわ」

と言ってみたことがあった。すると祖母はきっと眼を吊《つ》り上げて答えた。

「うちは金子のような家とは違うんだから、そんなだらしのないことは許されないよ」

「でも、私、家で勉強なんかしなくたって、学校で習う本はもう全部読めるんだもの。あの……、もっと難しい、面白い本を読ませてもらえませんか」

「生意気なことをお言いでない。本は学校の本だけでたくさんだ」

祖母は頭ごなしに私を叱りつけた。

いつものように勉強部屋に閉じ込められた私は、することもなく窓辺に立ち、格子《こうし》の向こうに見える遠くの木々を見ていた。野菜畑が広がる庭園の奥には小さな雑木林があった。みんな同じぐらいの高さの木の中で一本だけ急に突き出た、背の高い木がある。じっとそれを見つめていると、なんだかわけもわからずにせつなくなって、涙があふれてきた。

あの木だって、一本だけ高くなりたくてそうなったわけじゃない。他の木々から一つだけ飛び出した姿はとても不格好で、雑木林の調和を乱しているかもしれないけど、望んでそうなったのではない。それなのに、なんだか申し訳なさそうに、そこにいてはいけない木のように孤独に立っている。どこか別の林や、もっと高い木がたくさんある森に立っていたら、あんなに悲しそうにしている必要はないだろうに。

いつまでも感傷的になっていてもしかたないので、私は机に向かうことにした。でも、やはりすぐに飽きて、折り紙で人形を作ったり、畳の上で毬《まり》つきをしたりし始めた。こうして、私は本やノートを広げて勉強しているふりをして、隠れてこっそり遊ぶようになった。

ところがある日、祖母がいきなり勉強部屋にやってきた。私は遊んでいる最中だったので、こっぴどく叱られた。以来、祖母は不意打ちで勉強部屋に来るようになり、そのたびに私は遊んでいたり、窓辺に立って外を見たりしていた。そのうち祖母は叱ることさえしなくなり、ついに私から勉強部屋と勉強時間を取り上げた。

それが何を意味するのか、私は5年生になってから知ることになった。私は学校では成績優秀で、4年生の試験でも優等賞を貰った。だが、5年生になると、なぜか私の通知簿の名前は、金子文子《ふみこ》になっていた。

たった半年の間に、私は岩下の姓を名乗ることを許されない子どもになってしまったのだ。勉強なら誰よりもできたし、祖母や叔母に恥をかかせた覚えもない。それなのにいつの間にかもう岩下の家族ではなくなっていた。

つまり、祖母と叔母は、本当に勉強ができる子どもが欲しかったわけではないのだ。あの雑木林の木々のように、他の木と同じぐらいの高さの、ただちょっときれいな葉っぱがついた木が欲しかっただけなのだ。

＊

「ケイ・テンペストの動画、見る？」

ミアが校庭の楡の木の下でベンチに座って本を読んでいると、レイラが話しかけてきた。

「有名になってからノンバイナリーをカムアウトして名前を変えるなんて勇気ある。ケイトだった頃から、私たちは人と違っていてもいいんだって一貫して歌ってきたから、自分もそうしたんだろうね。なんかこの人、すごく格好いいと思う」

レイラはそう言って、ミアにイヤフォンを渡そうとしていた。

ミアはそのころんとした白いイヤフォンを耳に入れてみた。レイラがYouTubeの動画を再生し、iPhoneをミアに渡す。

ゆるいウェーブのかかった量の多い長い金髪と空色の瞳が印象的な女性が映っていた。ルックスを見る限りでは、そんなに「違う人」という気はしない。フミコ風に言えば、「雑木林の木々」の中に埋もれてしまいそうな、どこにでもいる感じの人だ。

「これが、ケイ・テンペストって人？」

ミアが尋ねると、レイラが答えた。

「これはケイト時代の動画。いまは少年っぽいショートカットになってて、すごくかわいい」

ケイト時代のケイ・テンペストは、キーボードの演奏に合わせて詩を朗読していた。詩の朗読、にしかミアには見えなかった。ミアがイメージするラッパーみたいに体を揺すってダンスしているわけでもなければ、前かがみで観衆にボーストしているような、挑戦的な感じもない。静かで、淡々としたパフォーマンスだった。

私の国がバラバラになっていく、何もかもすべてが失敗だらけの茶番になっていく、お金の心配や仕事や何もかもに潰されそうになりながら、いまにも崩れ落ちてしまいそうだけど友だちみんなに笑いかける、部屋のベッドに寝転がって眠れない人、泣きながら駅に立っている人……。

リリックの内容が断片的に耳から飛び込んできて、ミアがよく知っている風景が次々と頭の中に立ち上がった。

「ビューティフル……」

なぜかミアの瞳に温かい水がたまってきた。

「でしょ？　この人は私もちょっとすごいと思う。こんなフップ、聞いたことがない。テレビとかに出てないから、私もウィルがリリックを持ってくるまで知らなかったんだけど」

「ありがと」

曲が終わると、ミアはイヤフォンを外し、レイラに返そうとした。

「もう一曲、聞いてみる?」

レイラはそう言ったが、ミアは首を振った。iPhone のスクリーンが、そろそろ次の授業が始まる時刻を示していたからだ。ソーシャル・ワーカーやNHSが家に介入してきているときに、遅刻をして悪い記録を残すことは避けたかった。

「なんかね、私は前からラップとか好きじゃなくて、何クールぶってんの、この人たち、としか思えなかったんだけど。この人はいいなって思った」

校舎に向かって歩き始めたミアを追いかけながらレイラが言った。

「私さ、ダンスを踊ったり、音楽を聞いたりしていると、ああ、これだ、って感じる瞬間が訪れるときがある。何が『これ』なのか、『これ』が何を意味するのかわからないけど。でも、ああこれ、ようやくこれに会えたっていう瞬間。奇妙だよね。テンペストのラップにもそれがある」

「……」

「『これ』って何なんだろう」

「……それはたぶん、ここと違う世界を指しているんじゃないかな」

「え?」

「たぶん、『これだ』って感じる瞬間だけ、私たちは、その違う世界に行ってるんじゃないかな」

「……違う世界って、それ、どこのこと?」

「わからない。わからないけど、それはここではない世界で、自分が本来いるべき場所っていうか、行ったこともないのになぜか知っている場所……」

ミアはそう答えて口ごもった。

たぶん、その知らないのに知っている場所に一瞬だけ連れていかれるから、まるで失われた場所を思い出すように「ああ、これだ」と直感するんじゃないだろうか。

さっきの動画を見て、ミアは確かにそういう気分になった。あのラッパーの言葉は、ミアをその場所に連れていったのだ。だから目に温かい水があふれてきたのだろう。

言葉には、そういう力がある。

私も私の現実を、誰にも言えない本当のことを、テンペストのラップみたいに誰かの物語として語ってみたい。ミアは強くそう思った。

翌日、最後の授業を終えていつものようにロッカーから荷物を出し、くるっとウィルが後ろを振り返ると、いきなり目の前にミアが立っていた。

「うわっ、ミア。ワッツアップ？」

ミアは破ったレポート用紙の束をウィルに差し出し、ちょっと怖いぐらいの鋭い目をして言った。

「読んでくれる？　私のリリック」

「え？」

「テンペストのラップの動画を見たら書きたくなって、一気に書いた」

ただならぬ真剣さに気圧《けお》されてウィルは紙の束を受け取った。それは、先日、ミアに渡したテンペストのリリックに負けないぐらい、分厚かった。

「これ、全部、書いたの？」

「前に書きかけたやつもいくつかあって、覚えていたのもあるから、ついでに入れといた」

「……すごい、こんなにリリックがあるなんて」

ウィルは瞳を輝かせてぱらぱら紙をめくっている。

「ここで読むのはやめてくれる？」

強い口調でミアが言ったので、ウィルが顔を上げた。

「いや、……なんか恥ずかしいから、いま読むのはやめて」

ミアの顔からさっきまでの怖さがなくなり、心なしかうっすら頬が赤くなっている。それを見るとウィルのほうまでなぜかどぎまぎして、思わずリリックの束を落としそうになった。

「そ、そう。じゃあいまはやめとく」

「じゃ……」

ミアはそう言ってくるりと背を向け、廊下の反対側で待っていたレイラのほうに近づき、二人は並んで校舎の出口に向かって歩き始めた。

ウィルはリリックの束を握りしめ、しばし茫然《ぼうぜん》と立っていた。

いま起きたことがちょっと信じられなかった。ミアのほうからリリックを持ってくるなんて。それもこんなにたくさん……。

ふと、音楽部の部室にこれを持っていって読むと、誰かに見られそうだなと思った。それは非常にもったいない気がした。何がもったいないのかよくわからなかったが、これはどうしても一人で読みたい。

ウィルはきょろきょろあたりを見回し、先生があたりにいないのを確かめてから、リュックの陰に隠すようにしてスマホを取り出し、キムにメッセージを送った。

「急用ができたので帰る。新しい曲のトラック、明日聞かせるから」

そしてウィルはミアに託された言葉の束をたいせつにリュックの中にしまい、いそいそと家に帰った。

自分の部屋に直行したウィルは、ミアが書いてきたリリックを夢中で読んだ。そして放心したように自室のベッドに横になって天井を見上げている。

どんな言葉もいまの気持ちには追い付かない気がした。

ミアがボールペンで書きつけてきたものは、ラッパーの言葉というより、スポークン・ワード・アーティストの言葉みたいだった。短いストーリーになっているものや、ティーンの女の子たちのお喋り、ニュース番組のアナウンサーが団地で起きた事件を淡々と語っているものもあって文学的だった。

自分が渡したケイ・テンペストのリリックをミアが丁寧に読み込んだのは間違いない。だけど、欲目かもしれないけど、これはそれ以上のものだと思った。

ミアは、すごい。

一番すごいのは、キムが書いてくるリリックのように、書いた本人と言葉がかけ離れていないことだ。キムはラッパーを演じるための言葉を書いてくるが、ミアは自分自身の言葉で書く。どれも一人称では書かれていないのに、すべてが彼女の言葉だった。

だからなのだろう。読んでいると気持ちが強く揺さぶられる。読んでいるほうも無傷ではいられないような、そんな言葉たち。

ウィルは、はあ、とため息をついた。

女の子のことを考えるときは、もっとワクワクして楽しくなるものだと思っていた。少なくとも、これまではずっとそうだった。でも、ミアのことを考えると、ウィルはせつないような悲しい気分になってくる。まるで厳しい冬の海の色をしたミアの瞳がそのまま心に映ってしまったみたいに。

わわ、何を感傷的になっているんだ、と思いながらウィルはベッドから起き上がり、ＰＣの前に座った。そして机の上に転がっていたヘッドフォンを装着し、ミアのリリックをラップにするためのドラムビートを考え始めた。

8. 子どもであるという牢獄《ろうごく》

いま頃、ウィルは私が書いた言葉を読んでいるんだろうか。

下手くそだ、使い物にならない、と思っているかもしれない。一緒に音楽をやろうと迂闊《うかつ》に声をかけてしまったことを激しく後悔しているんじゃないだろうか。あまりにひどすぎて、次に会ったときになんて言えばいいかわからなくなり、困ったと頭を抱えているかもしれない。

そんなことを考えているとミアは落ち着かなくなり、恥ずかしさに苛立って椅子から立ち上がると部屋の中をうろうろ歩き始めたりするのだったが、

「ミア、どうしたの？」

とチャーリーに言われて我に返り、またキッチンのテーブルの椅子に座り直すの

だった。

「今日はミアが集中してないね」

チャーリーがおかしそうに笑った。宿題を見てもらっているとき、いつもミアに「集中しなさい」と叱られているのはチャーリーのほうだからだ。

こんなにイライラするのなら、ウィルにリリックなんか渡すんじゃなかったとミアは思った。昨日、テンペストの動画に感動して自分もリリックみたいなものを書きたくなり、夜中までレポート用紙に言葉を書き殴った。これまで学校でプリントの裏に落書きしたり、自分の部屋でとりとめもなく綴《つづ》ってきたりした言葉が、テンペストの動画みたいにラップになったら……と想像するだけで胸が熱くなった。人に歌われて音楽になる言葉は、紙に書かれた言葉と違って生きていたからだ。

紙の上でじっとしていた私の言葉も、ラップのリリックになったら動き出すかもしれない。もしかしたら、ウィルが私の言葉を生き物にしてくれるかもしれない。

いつも教室の目立つ一角に座っているウィルが、そこにいてもいなくてもだれも気にしない最後列のミアとレイラに、テンペストの存在を教えてくれたのも何かのしるしのように思えた。こんなことはあまりないからだ。フミコの本を譲ってもらった日に、いつもミアの前では閉まっている図書館のエレベーターの扉が開いていたときのように。これらはきっと繋がっている。

そんなことを思い、勢いに任せてウィルにリリックをどっさり渡してしまったのだったが、考えれば考えるほど軽率だった。実際に書かれたものを読んでみるとたいしたことないな、とウィルはがっかりしているかもしれないし、そもそも、ノリに任せて自分の個人的なものを他人に見せるなんて軽はずみだった。

翌朝になっても気は晴れず、ミアは悶々《もんもん》としながら学校に行ったのだったが、ウィルは珍しく欠席していた。正直、ミアはホッとした。いまとなっては自分の行動を後悔するばかりで、できればウィルに会いたくない気分にさえなっていたからだ。

彼が休んでいたおかげで、学校では心安らかな一日を過ごすことができた。が、いつものようにチャーリーを連れて帰宅すると、知らない人が家のキッチンに座っていた。

短いショートヘアのその女性は、真っ黒な髪のところどころに鮮やかな緑色のメッシュを入れている。細くて長い首に地方自治体のマークが入ったＩＤを下げていた。ソーシャルだ。

「はじめまして、私はレイチェル。グレアムの後を引き継いで、あなたたちの担当になりました」

まだ若そうな緑メッシュの髪の女性は言った。前任のグレアムは、眼鏡をかけた真面目そうなおじさんで、いつも毛玉だらけのネイビーブルーのフリースを着ていた。彼は児童保護課のソーシャル・ワーカーだったから、この人も同じ課の人だ。

ミアはキッチンの入口のところに身構えて立ち、チャーリーのリュックの上部を引っ張るようにして手で押さえていた。

「はじめまして、ミアです」

ミアはそう言ってから、チャーリーに挨拶を促した。

「チャーリー、ハローは？」

「ハロー、はじめまして」

チャーリーは恐る恐るミアのスカートの脇から顔を出して言った。

「どうだった、学校は？　いい一日だった？」

レイチェルは慣れた口調でそう言い、ミアとチャーリーを交互に見た。

「はい」

ミアはそう答えて、空いていた椅子にチャーリーを座らせ、自分はその脇に立った。

「あなたも座ったら？」

母親がそう言ったが、ミアは首を振った。知らない人が家に来ているときに、ミアが触れられる場所にいないとチャーリーは脅える。いつも自室に閉じ籠っている母親は知らなくても、ミアは弟のことをよく知っている。

「毎日一緒に学校に行って、一緒に帰ってくるの？　仲がいいわね」

ミアの指をぎゅっと握っているチャーリーの右手をレイチェルは見ていた。こういう職業の人はこちらの事情をよくわかっている。問題は、この人たちはわかっている以上のことを勝手に想像して決めつけるときがあるということだ。

「学校は好き？」

「はい」

ミアが間髪をいれずにそう答えると、チャーリーも俯いたまま頷く。

「もうすぐ冬休みだけど、このまま行けば今学期は皆勤賞なんだってね」

レイチェルはそう言ってチャーリーのほうを見た。この人、すでに学校とも連絡を取っている。ミアは慎重に言葉と表情を選ぶことにした。

「私もチャーリーも成績良くないから、それぐらいしか狙える賞はないんです」

ちょっとはにかむような、気のいい子どもの表情を作ってミアは言った。こういう人たちに受けのいい態度はよく知っていた。できるだけ学校を休まないのだって、どんなに時間がかかっても欠かさずチャーリーに宿題をさせるのも、この人たちにつけ込む隙を与えないためだ。

「皆勤賞ってもっとも貰うのが大変な賞だと思う。誇りに思うべきよ」

レイチェルはそう言って、ベージュ色のショルダーバッグの中から書類とペンケースを取り出した。

「もう私は必要ないでしょ」

母親がそう言ってのっそりと椅子から立ち上がり、キッチンから出ていった。これから何が行われるのかミアは知っていた。子どものアセスメントというやつだ。いつも同じような質問をされる。答え方はもう全部わかっている。

「一緒でいいですか？　チャーリーは人見知りがひどいので、私がいないとパニックになると思います」

「もちろん」

レイチェルはにっこり笑ってそう言った。小鼻のピアスが光っている。こんなソーシャル・ワーカーもいるんだなと思った。

レイチェルが帰っていった後で、チャーリーは何度もミアに聞いた。

「あの人、ソーシャル？　僕たち、どこかに連れていかれるの？」

「そんなことない。あの人たちはたまに様子を見にきて話をして帰るだけ」

「本当に僕たち、どこにも行かなくていいの？」

「誰が何を言ったのか知らないけど、私たちはどこにも行かないよ」

宿題をするときも、食事のときも、ベッドに寝かせて本を読み聞かせしていたときにもチャーリーは同じことを聞いた。チャーリーは一つのことが気になると、ずっとその考えから離れられなくなる。こんな日はまた夜尿症がぶり返すかもしれないので、ミアはチャーリーのシーツの下にビニールシートとタオルを入れておいた。

なかなか寝付かなかったチャーリーがようやく眠りに落ちてから、ミアは二段ベッドの下段に寝そべった。頭が冴えていた。レイチェルの質問やそれに対して答えたことをいちいち思い出し、あれでよかったんだろうか、彼女はそれをどう書類に書き込んだだろうかと気になった。いまさらどうしようもないけれど、変えたかった答えがいくつかあった。

「あなたはよくやってる。本当によくやってきたし、よくやっていると感心しています」

帰り際にレイチェルがミアにかけた言葉が頭の芯に残って離れなかった。

一見、ふつうのねぎらいのようだ。が、それを言ったときのレイチェルの目が忘れられない。にこりともせずに、射貫くようにミアを見ていた緑色の目。私は知っているのよ、と言わんばかりだった。

ミアは首を振って、チャーリーの不安が自分にも伝染したのではないかと思った。そしてベッドの上に伏せてあった本を手に取った。フミコの生活ものっぴきならない状況になってきたからだ。

＊

勉強部屋を取り上げられ、岩下姓を名乗ることも許されなくなった私は、もはや養女ではなく、女中として扱われていた。学校から帰ると掃除や炊事などの家事をさせられ、休日やお正月でも使用人のように働かされた。

あれは私が13歳になる少し前のお正月のことだった。岩下家の人々は食卓を囲んで雑煮を食べていた。と、突然、祖母が使っていた祝箸《いわいばし》がぽきっと折れてしまった。

「正月早々、縁起でもない。ふみ！　おまえは私を呪い殺そうとしたのかい。こんなことをするとどうなるか、わかってるんだろうね」

「すみません、私、ちっとも気が付かなくて……」

私は謝ったが、祖母は聞き入れなかった。

どうすればいいのかわからず立ち尽くしていると、祖母は私にいつもの罰をくだした。家の外に放り出されたのである。

夕方になると、氷点下の戸外はいよいよ寒くなった。もう体の感覚がなくなって、耳の奥でじんじんと変な音がしていた。人間の体は耐えられない環境に置かれると自然に閉じるようにできているのだろう。全身の皮膚が硬くなり、手足がだるく痺れて、ひとりでに瞳が閉じてきた。このまま私は閉じて、二度と開くことはないのかと思ったときに、家の中に入るように言われた。

そんなことはこのときだけでなく、何度もあった。ひどいときになると、祖母はわざと私が失敗するように仕向けたり、自分でやったことを私がやったと言い張って折檻したりすることもあった。

「もう決してこんなことはしないとお祖母さんに誓います」

私にそう言わせるのが祖母は好きだった。

本当に子どもに責任の概念を教えようと思うのなら、子どもの行為を大人が決めて、子どもに誓わせてはいけない。子どもの行為の責任は子ども自身にある。それを取り上げてしまったら、子どもには自分の行為の主体が誰にあるのかわからなくなる。自分が誰を生きているのかわからなくなる。

実際、私は責任を取る人間になるどころか、だんだん卑屈な嘘つきになった。皿一つ割っても、自分が使っている櫛《くし》の歯を一本折っても、いつ祖母に言おうかと悩み苦しみながら、割れた皿を見つからない場所に隠したり、折れた櫛の歯をこっそりご飯粒で繋いで知らんぷりしたりするようになった。私の気持ちはいつも暗く沈み、見つかったらどうしようと、何もしていないときでさえビクビク脅え、祖母に叱られないために生きていた。

祖母は、私から私を取り上げたのである。

子どもであるという牢獄。私はその中を生きていた。

*

子どもであるという牢獄。それは自分たちのような子どもにもある、とミアは思った。

ソーシャルに連れていかれないよう、いつもビクビクして暮らさなければならない。そしてもし保護されてしまったら、どこの街の施設や里親に預けられるかわからない。兄弟姉妹だって引き離される。

レイチェルという新しいソーシャルについて、ゾーイに聞いてみようと思った。カウリーズ・カフェには児童福祉課のソーシャルがよく出入りしている。移民のための英語教室や、シングル・ペアレント対象のモーニング・コーヒーの集まりの会場としても使われているから、ソーシャルが担当する家族に付き添ってくることがよくある。

だから、カフェで長年ボランティアしているゾーイには顔なじみのソーシャルが多い。ミアの母親のことで福祉課に電話をかけたらすぐ誰かが来たのもそのせいだろう。

「あら、いらっしゃい」

重い木のドアを開けてカウリーズ・カフェの中に入ると、カウンターに立っていたゾーイがミアたちに気づいて言った。

ミアの目は、ゾーイではなく、カウンターを挟んでゾーイの前に立っている男性に釘付けになった。

「ハロー」

ミアは驚いて、ゾーイではなくマルクス髭のおじさんのほうを見てそう言った。

「ハロー」

彼はミアのことを覚えていないのか、ふつうに愛想よく笑いながらそう応えた。

カウンターからゾーイが出てきてチャーリーをハグする。

「あの、私のこと、覚えてますか？　少し前に、ジュビリー図書館であなたに本を貰ったんですけど」

おじさんは少し考えるような表情でミアを見ていたが、

「ああ、ひょっとしてあのときの、フミコの本の……」

と言った。

「そうです。あのときは、本をくださってありがとうございました」

「いや、あげたわけじゃないよ。あれは図書館の本だから」

おじさんはきまり悪そうにぼりぼり頭を掻いていた。

「あの本、楽しんでる？」

おじさんはミアのほうを向いて尋ねた。

「はい。ずっと読んでます」

「何の本の話？」

ゾーイがおじさんとミアの顔を交互に見て尋ねた。

「およそ百年前に亡くなった日本の女性アナキストの自伝です」

「アナキスト？」

とゾーイが声を上げた。

「いや、アナキストといっても、彼女が政治活動している話ではなくて、どちらかというと子どもの頃の話というか、生い立ちが中心なんですけど」

おじさんがゾーイにそう言うと、脇からミアが言った。

「いまのイギリスと同じだな、と思うところがたくさんあります」

「そう？」

「大人たちの、子どもに対する態度とか。フミコの気持ちが理解できると思うところがたくさんある」

髭のおじさんは微笑しながらミアの顔を見ていた。

「最後のほうまで読んだ？」

「いえ、まだ」

「だんだん面白くなるよ。フミコは、どれだけ周囲に抑圧されても、牢獄に閉ざされても、違う世界はあると信じていた稀有《けう》な人だった。長いこと、彼女は僕にとってヒロインというか、いや、ヒーローだった」

「あの、一つ質問してもいいですか？」

ミアが尋ねると、おじさんが「もちろん」と頷いた。

「どうしてあのとき、私のような女の子が読むと面白い本だって言ったんですか？」

おじさんは右手で巨大な顎髭の中央部をいじりながら呟いた。

「そんなこと言ったっけ？」

「はい」

「……様々なことから解放されるから、だろうね。僕は若い人はもっと解放されたほうがいいと思う。『しかたがない』と諦めず、別の世界《オルタナティブ》はあると信じられれば、それは可能になるんだ。すべての本ではないが、いくつかの本はその助けになる。あの本はその一冊だよ」

おじさんの話を聞きながら、オルタナティブな世界を信じるって、どういうことなのだろうとミアは思った。

「ねえ、あそこのテーブルが空いてるよ」

チャーリーがそう言ってミアを見上げていた。すでにチップスが山ほど載った紙皿を両手で抱えている。

「チップスだけ？　野菜とかお肉もいれないとダメじゃない」

ミアはそう言ってカウンターに並んだ料理を見たが、今日はカリーやピラウライスやチャツネが並び、どうやらインド料理の日らしい。

「チキンカリーも食べてみる？　ついであげる」

ゾーイが言ったが、チャーリーは首を振った。チャーリーは食べたことのないものには絶対に手を出さない。だから食べられる料理は片手の指で足りるぐらいの数しかない。

「じゃ、弟をテーブルに連れていきますね」

ミアはおじさんにそう言って、チャーリーの背中を押し、壁際のテーブルのほうに歩いていった。テーブルの上にナプキンとフォークを置いて、チャーリーを座らせてからカウンターのほうを見ると、髭のおじさんはすでにドアの脇に移動して誰かと楽しげに談笑していた。

ミアは、カウンターに行って自分の料理を紙皿に取り、テーブルに戻ってチャーリーの向かいの椅子に座った。しばらく二人で食事をしていると、ゾーイがテーブルにやってきた。

「チャーリー、デザートが出てきたわよ。早く行って取っておいで」

立ち上がったチャーリーと一緒にカウンターに戻ろうとしたゾーイに、ミアは話しかけた。

「新しいソーシャル・ワーカーがうちに来ました。レイチェル・カミンスキーっていう、緑色のメッシュを髪に入れた人。もしかして、知ってます？」

「え？　あなたたちの担当、レイチェルになったの？　知ってるも何も……」

と言ってから少し口ごもり、ゾーイは続けた。

「まだソーシャル・ワーカーになって年数は浅いけど、とても熱心な人よ。若いから、あなたも話がしやすいと思う。何でも相談したらいい」

「よくここにも来る人なんですか？」

「たまに担当する家族に付き添ってきている」

ゾーイはそう言ってからカウンターのほうを一瞥《いちべつ》し、

「後で、カウンターに寄ってね。今日も食事を容器に詰めて渡すから」

と言って戻っていった。

マルクス髭のおじさんがまたカウンターの前に立って、紙皿に食事を載せていた。今度は、もう一人、髭面の男の人が隣に立っていて、何やらおじさんと話している。同じ髭面でもこちらのほうは小ぎれいな格好をしたヒップスター風の男性で、ショルダーバッグを斜めがけにして、洒落《しゃれ》たニット帽を被《かぶ》っていた。

ミアは、どこかでその男性を見たような気がして目が離せなくなった。下半分は髭で覆われているので顔はよく見えないのだが、大きな丸い目に見覚えがあった。ミアは間違いなくあの二つの目を知っていた。気になって記憶を辿ろうとするのだが、途中で急に頭の中に靄がかかったみたいになってその先にあるものが消えていく。

額の真ん中あたりが妙に硬く張って痛くなってきた。ヒップスター髭の男性は、マルクス髭のおじさんの肩を叩いて笑っていた。甲高い笑い声がいやに耳についた。ミアはわけもなく重たい気分になって視線を逸らした。

9．一緒に震える

「おはよう、ミア」

教室の前の廊下で背後から声をかけられ、ミアは振り向いた。

昨日まで風邪で学校を休んでいたウィルが晴れ晴れとした顔で立っている。

「これ、聞いてみて」

ウィルは制服のズボンのポケットから小さなＭＰ３プレーヤーとイヤフォンを出してミアの前に差し出した。

「これ、何？」

「暇だったから何曲かトラックを作ってみた」

「え？」

「君のリリック、あんまりクールだったから、すぐ曲を作りたくなって」

「……」

ミアは両手でMP3プレーヤーとイヤフォンを受け取った。思ってもいなかった展開に驚き、ただ渡されるままに両手を広げた。

「ラップの声が僕だから、変な感じかもしれないけど、そこは勘弁して」

ウィルはちょっと伏し目がちに、恥ずかしそうな感じで言い、そのまま歩き去ろうとした。

「ち、ちょっと、このプレーヤーとイヤフォン……」

ミアがウィルの背中に声をかけると、ウィルが振り返った。

「あ、それ、うちにあったやつで、もう誰も使ってないから、気にしないで持っていいよ」

「……ありがとう」

少し照れたように笑っているウィルに、ミアは尋ねた。

「風邪は、もう大丈夫なの？」

「うん。熱がなかなか下がらなかったけど」

「小学校で流行してるもんね」

「そうなんだ。ルイが先週、熱を出して休んだから、うつされちゃったみたい。チャーリーは大丈夫？」

「うん。でも、ここ数日、咳《せき》をしているからちょっと心配……」

会話は自然に続く。でも、ミアは自分が一番聞きたいことを聞けなかった。

私のリリック、どう思った？

どのリリックが一番いいと思った？

ダメだったのはどれ？

「詩の朗読みたいな、ちょっとビートを抑え気味のやつも作ってみた。聞いてくれるとわかると思うけど」

ミアの気持ちをまるで読んでいるみたいに、ウィルがリリックに話題を戻した。

「ケイ・テンペストみたいに？」

「うん。まさに。あんまりラップっぽくないやつも交ざってる」

「……面白そう」

「ほんとにそう思う？」

ぱっとウィルの顔が輝いた。でも、それに自分で気づいたようにすぐに冷静な顔に戻って、

「じゃ、とにかく聞いてみて」

と言い残し、さっさと先に歩いていった。

もしかしたら、ミアが自分のリリックについてウィルにどう思ったか聞きたいのに聞けないように、ウィルもミアが彼のトラックをどう思うか心配なのかもしれない。

たぶん、こういう感想は言葉で伝えられるものじゃないんだ。ウィルが作ってきたトラックの中に、彼が私のリリックを読んでどう感じたかが表現されている。

いますぐにウィルのトラックを聞きたかった。一時間目の数学の教員は教室の後ろにいる生徒など気にしないタイプなので、できないことではなかった。でも、万が一、先生にプレーヤーを取り上げられたりしたら困る。自分のプレーヤーでもないし、第一これを取り上げられたらウィルが作ってきたトラックを聞く手段がミアにはない。

ミアははやる心を抑えてMP3プレーヤーとイヤフォンをリュックの中にしまい、やっぱりいつものようにフミコの本を読むことにした。

前方に目をやると、ホワイトボードに書かれた数式をじっと見ているウィルの背中が見えた。

＊

友だち。それは、朝鮮の祖母のもとで暮らしていた頃の私にとって、望んではならない存在だった。

私が家で女中のようにこき使われていることは近所の人々も、子どもたちも知っていた。だから、もはや誰も私を遊びに誘うこともなく、私はいつも一人だった。だけど、そんな私でも学校にいる時間は祖母たちに支配されることはない。5年生になったとき、たみちゃんという、おとなしい女の子が学校に編入してきた。私が彼女に惹《ひ》かれたのは、見る者が思わず微笑まずにはいられないような愛らしい顔立ちをしているのに、どこか寂しそうな、儚《はかな》い翳《かげ》が彼女にはあったからだ。私がいつも彼女を見ていたせいか、彼女のほうでも私の存在に気づき、学校のことや、算術や読み書きでわからないところがあると聞きにくるようになった。私たちはすぐに姉妹のように仲良くなった。

それは友情、というより、愛情に近い感情だったかもしれない。家では誰も私を愛してくれなかったし、友だちもいなかった。そんな私の前に、小さくてかわいい女の子が現れて、妹のように私を慕ってついてきたのだ。

日本で弟や妹と引き離されたとき、私が身を切られるようにつらかったのは、彼らは私にとって愛することができる対象だったからだ。誰かを大切に思い、庇《かば》い、やさしく守ってあげたくなる感情。私は大人たちからそんな情を向けられることはなかったが、私自身はその情を持っていた。豊富すぎるほど持っていた。だから、注ぐ対象を得て生き返った。愛が生き返ると、私も生き返った。

たみちゃんと私には似たところがあった。両親ではなくて祖父母に育てられているのもそうだ。たみちゃんの父親は彼女がうんと小さいときに亡くなり、母親はそのときに実家に戻されたそうで、それからは下駄や文具の店を商っている祖父母に育てられていた。でも、たみちゃんは、祖父母にたいそう愛されていた。体が弱く、しょっちゅう風邪をひいては休んでいたから、時々、私はこっそり学校の行き帰りにたみちゃんを見舞うようになった。

たみちゃんの祖母はとても気のいい人で、いつもお菓子や文房具をくれて私をかわいがってくれた。こんな人が私のお祖母さんだったらどんなによかったろうと、家に帰る道で泣いたことが何度かあった。

そのうち、私の帰宅が遅れることがあると気づいたのか、祖母たちはさらに厳しくなり、ほんの5分でも寄り道することは許されなくなった。それでもたまに学校が早く終わるときは、少し寄り道できたが、見つかると大変な目に遭った。

「あれだけ言ってもわからないなら、わかるようにしてやらなきゃいけない」

祖母はそう言って、叔母と二人がかりで私を折檻した。物差しで叩いたり、下駄で蹴ったりされるのだ。

彼女たちは私に学校をやめさせようとしたこともある。ある日、「これを持って学校に行きなさい」と叔父に封筒を渡された。

「どんな悪いことをしたのか知らんが、君を退校させると書いてあるよ」

手紙を読んだ先生は、私にそう言った。

頭の上に世界全体が崩れ落ちてきたような感覚を覚えた。

「が、何、心配することはないよ。退校というより、しばらく休校させるということだろうからね。しばらくの間は、家の人たちの言うことをよく聞いて、おとなしく辛抱しておいで」

先生の落ち着いた口調を聞けば、すでに岩下家の人々と先生の間で話がついていることは明らかだった。「どんな悪いことをしたのか」と先生は言ったが、友だちを作ったということ以外、私には考えつかなかった。

ページを行ったり来たりしながらそこまで読んで、ミアは諦めたように本を閉じた。頭痛がして気が散り、本に集中できないのだ。

昨夜もそうだった。カウリーズ・カフェから帰るバスの中で、額の真ん中が割れるように痛くなり、家に頭痛薬がなかったので夜もよく眠れなかった。

両手で額を押さえてぼんやりしている間に授業が終わっていた。なんだか今日の自分はおかしい。先生の声や級友たちのざわめきが、どこか遠くで起きていることのように聞こえる。咳も出てきたし、もしかしたら私も風邪をひいたのだろうかとミアは思った。

二時間目が終わった後、休憩時間にレイラがスナックを買いにいったので、ミアは一人でいつもの楡の木の下に立ち、ウィルから渡されたトラックを聞いてみた。

思っていたのとまったく違い、柔らかい音色とソフトなビートが使われていたのに驚いた。

チルっぽいというか、メロウなサウンドで、お洒落な感じに気の抜けたラップだ。

＊

ウィルの声だったせいもあるけれど、自分が書いた言葉には聞こえなかった。大袈裟《おおげさ》かもしれないが、1ポンドショップとかスーパーとかでかかっている流行りのラップ曲と比べても聞き劣りしないような気がした。

ウィルって、実はすごいかも。

じっと聞いていると、なぜか胸のあたりが温かくなってきた。

ミアのリリックを読んで、ウィルが何かを感じ、その感情から立ち上がる風景に合ったリズムを選び、試行錯誤しながら言葉を際立たせる音色を選んで一つの曲にする。ウィルはミアの言葉を中心に置いてくれていた。それがよくわかった。そしてその作業を行うために、ウィルがミアのリリックをしっかり読み込んだことは明らかだった。

ミアは、こんな風に自分の言葉を丁寧に聞いてもらったことはない。親にも友人にも教員たちにも、聞いてもらったことはない。

これは、やさしい音楽だ。

この気持ちを伝えないといけないと思った。だから、次の教室に向かって歩いていたウィルを見かけたとき、ミアは夢中で追いかけて声をかけた。

「ねえ……、あの、今朝くれたやつ、休憩時間に聞いたけど、どれも好き。すごくいい」

ウィルは驚いたように振り向いてミアの顔を見た。

「ありがとう」

「ありがとう」

ウィルとミアはほとんど同時に、高い声と低い声でハモるように互いに礼を言った。

「あはははは」

ウィルが声を出して笑った。それはミアまでつられて笑いたくなるような笑顔だった。

「どれが一番いいと思った？」

「三番目の曲」

「お。だよねー。僕もあれが自信作」

それは他のチル系の曲とは違う、強いビートの緊迫感のあるトラックで、ウィルが軽快にラップしているナンバーだった。「両手にトカレフ」という曲だ。

ウィルが作ったトラックと自分が書いたリリックがその曲の中で共振し、震えているように聞こえた。

一緒に震えることができる相手を友だちっていうんだろうか。

フミコとたみちゃんの心も共振できたから友だちになったのだろう。そしてそれは、フミコの家族が嫉妬して禁じたほど、いいものなのだ。

その日は家に帰ってからも頭の中に靄がかかったようで、断続的に頭痛が襲ってきた。フミコとたみちゃんの友情がどうなったか気になるのに、ミアの頭には文字がなかなか入ってこなくて読み進められない。

キッチンのテーブルに本を広げてため息をついていると、目が覚めるような大きな物音がした。本から目を上げて見れば、キッチンの床の上にビーンズやトマトスパゲティの缶詰が転がり、割れた食器の破片が散らばっている。

「ごめんなさい」

チャーリーがすまなそうな顔をして戸棚のドアの取っ手を握りしめ、椅子の上に立っていた。

「何？　何が欲しかったの？　言えばいいのに」

ミアは椅子から立ち上がり、床に転がっている缶詰を拾い始めた。

「でも、本を読んでいたから」

「そんなの気にしないで。何を取ろうとしたの？」

「ビーンズ・オン・トーストが食べたくて……」

ミアは流しの下の戸棚を開けて塵取《ちりと》りとブラシのセットを取り出し、床の上の食器の破片を片づけた。

ミアは床の上をきれいに掃除し、棚に缶詰を並べ直すと、食パンをトースターに入れ、小さな鍋でビーンズを温めてチャーリーのためにビーンズ・オン・トーストを作った。

チャーリーはテーブルでガツガツとそれを食べた。向かいの椅子に座ってその姿を見ていると、唐突に、黒いフードを被った若い男がフォークとナイフでビーンズ・オン・トーストを食べているのが見えた。

「食べな。お腹空いてるんだろう？」

そう言ってミアを見ている黒いフードの下の丸い大きな目。

え、と思って瞬《まばた》きをして、もう一度しっかり見てみると、そこにいるのはチャーリーだった。

いったいどうしたんだろう。本とにらめっこをし過ぎて目が疲れているんだろうか。

ミアはフミコの本を握りしめて寝室に行った。二段ベッドの下段に本を投げだし、床の上のリュックを手に取った。ミアはリュックを膝の上にのせて、しばし放心していた。さっき見たのは何だったんだろう。

実は、さっきだけじゃない。最近、おかしな声が聞こえたり、奇妙なものが見えたりするのだ。いや、本当は最近だけじゃないのかもしれない。ずっと前からそうだった。それがここのところ頻繁になってきただけだ。

また額の中心がきんと強張《こわば》って痛くなってきた。こんな痛みはこれまで感じたことがない。

ミアはしばらく両手で額を押さえて蹲《うずくま》っていたが、がばっと顔を上げ、リュックの中のMP3プレーヤーとイヤフォンを探した。そしてほとんどすがりつくようにイヤフォンを耳に入れ、プレーヤーのスウィッチを入れた。

まるでウィルのやさしいトラックの音色に癒されたようにひどい頭痛が弱まり、少しずつ消えていった。それは不思議な現象だった。

ものすごく効く頭痛薬みたいなトラック。

そんな感想をウィルに言ったら、どんな顔をするだろう。

まるでトラックが頭痛を吸収してくれているみたいだと思った。ウィルの音楽とミアの言葉が一緒に震えているうちに、痛みが相手に伝わり、分け合うことでゆっくり緩和されていく。

ミアはブランケットの上に投げ出されていた本をもう一度手に取った。

心が共振できる友だちにようやく会えたフミコがこれからどうなるのか、気になってしかたがなかったからだ。

＊

数か月の間、家に閉じ込められた私は、先生が言ったとおり、また学校に通えるようになった。

いつの間にか、たみちゃんの妹のあいちゃんも学校に通うようになっていた。私は三人姉妹の長女のようにあいちゃんの世話もした。

ところが、二学期が始まってすぐ、たみちゃんが風邪で学校を休み、そのうちそれをこじらせて肺炎になったという。学校帰りに見舞いに行ったが、日に日にたみちゃんが痩せていくので、疲れさせてはいけないから、しばらく見舞いに行くのをやめた。

でも、あいちゃんから、たみちゃんが脳膜炎になってしまったと聞くと、いてもたってもいられなくなり、私はもう一度たみちゃんに会いにいった。

たみちゃんは、もう半分そこにはいない人のような白々とした顔をして布団の中にいて、じっと天井を見つめていた。医者は施す手はなくなったという調子で首を振り、たみちゃんの祖父母は布団の脇に座ってがっくりとうなだれていた。

たみちゃんの体は二日後に火葬場で焼かれた。それから一か月の間、私が泣かない日はなかった。賢や春子とは引き離されても、あの子たちはどこかでまだ生きている。でも、たみちゃんは、もうこの世に存在しない。どこを探してもたみちゃんはいないのだ。

「こんなところにいたの？」

運動場の隅の木陰に一人立っていると、あいちゃんがやってきた。

「みんなのところに行きましょう。何を考えていたの？」

「あなたのお姉さんのこと」

笑っていたあいちゃんの顔が曇った。

「ねえ、私がこのあいだ持っていったもの、見てくれた？」

不意にあいちゃんが尋ねた。

「え？　持っていったって、どこへ？」

「知らないの?」

あいちゃんは小首を傾げて私の目を見ながら、言葉を続けた。

「このあいだ持っていった、姉さんの裁縫箱。まだ買ったばかりの新しいものだったから、姉さんの形見に持っていくようにお祖母さんに言われて、あなたの家に届けたのだけど」

たみちゃんの裁縫箱を私は覚えていた。それは黒塗りで金の蒔絵《まきえ》が施された美しい裁縫箱だ。あんな立派なものを私にくれたたたみちゃんのお祖母さんの気持ちがうれしかった。それなのに、私は貰っていたことさえ知らない。でも、それを言うとあいちゃんががっかりすると思い、私は嘘をついた。

「ああ、あれね……。どうもありがとう」

怪訝《けげん》そうにこちらを見ているあいちゃんの手を取り、私は言った。

「さあ行って、みんなと一緒に遊びましょう」

たみちゃんの裁縫箱はどこに行ったのだろう。押し入れの整理や部屋の掃除にかこつけて、私は家でたみちゃんの裁縫箱を探した。祖母があんなに立派な新品の裁縫箱を捨てたとは考えられない。私はどうしてもその箱が見たかった。そうすればもう一度、懐かしいたみちゃんに会える気がしたから。

でも、何か月経ってもたみちゃんの裁縫箱は見つからなかった。だが、ある日、祖母の部屋を掃除していたときに、箪笥《たんす》と壁の間に紙きれのようなものが挟まっているのを見つけた。物差しを使ってそれを引き出すと、出てきたのは子どもの筆跡の手紙だった。

貞子、と差出人の名が書かれている。私が朝鮮に貰われてくる前に、この家で養女として短い間だけ暮らしたことのある女の子の名前だ。

そこに書かれていたことは、私を暗い沼の底に叩き落とした。

貞子というその少女は、再び岩下家の跡継ぎになることに決まっていたからだ。その手紙には、祖母が貞子さんに贈った様々な品へのお礼が書かれていた。

何もかも腑《ふ》に落ちた気がした。私は本当に女中に格下げされていて、祖母たちの養女は、別の場所で然《しか》るべき教育を施され、美しい着物を与えられてすくすくと成長していたのだ。

絶望と怒りでお腹がかっと熱くなり、喉の奥から赤黒い炎が飛び出してきそうだった。私の体の中心で獰猛《どうもう》な竜が目覚めたようだ。

ふざけるな、と竜は猛《たけ》っていた。祖母たちが誰を養女にしようと、何を贈ろうとそんなことはどうでもいい。

でも、たみちゃんの裁縫箱まで貞子さんに贈ったことだけは許せなかった。貞子さんが丁寧に礼を述べるために一つ一つ書き連ねた贈り物の中に、黒塗りに金の蒔絵の裁縫箱が入っていたのだ。

たみちゃんが生きていた日々や、たみちゃんのお祖母さんの心遣いが土足で踏みつけにされた気がした。顔が熱く火照《ほて》り、口を開けると火を噴いてこの家を焼いてしまいそうだった。私はもはや竜だった。

手に貞子さんの手紙を握りしめ、私は大の字になって畳に寝そべった。白々とした顔で天井を見ていたたみちゃんの横顔が思い出された。そして私は赤い炎を噴く代わりに、目から生温かい液体を畳の上に落としていた。

＊

ミアは本を閉じて二段ベッドの下段から起き上がった。

なんてことをしやがるんだ、このグランマ！　ミアのほうが竜になって口から火を噴きそうだった。ミアの心にフミコの怒りと悲しみが乗り移ったみたいだ。

黒く実れ　尖ったチェリー
赤くて丸い　果実じゃなくて
傷口から黒い液体　毒性放ってぶしゅっと噴出
それをリッチな車のウィンドウにぶっかけ
やつらは歩道のチェリーに泥水ぶっかけ
チェリーは切れてポッシュな車を追いかけ
両手で銃をかまえて立った
二丁の銃をかまえて立った

自分が書いたリリックの一つが口をついて出てきた。

フミコもチェリーだと思ったからだ。ミアとフミコはブラック・チェリーだ。英語では家族やコミュニティーの厄介者のことをブラック・シープというが、私たちは、そこにいるのにいない者のように扱われてきたブラック・チェリー。木から地面に落ちて潰れて血を流していても誰も気にも留めないチェリー。だからフミコの言葉にミアの感情が共振する。共振してフミコの感情がミアの言葉に変換される。

黒いトカレフ　いままで隠してた
引き金に指　いつでも引ける
傷ついたなんて　言っても意味ない
なぜか生まれた　それがすでにサヴァイヴァル
チェリーのマミイは人間やめてて　とうに死んでる
血だらけ赤いタイルの風呂場　黙って立ってる
もうちょっと　泣くとか怒るとかあるだろ
両手で銃をかまえて立てよ
自分の銃をかまえて立てよ

歌いたくなる。こんな衝動をミアはこれまで感じたことがなかった。これは獰猛な欲望だった。どんどん喉の奥から言葉が出てきた。
ミアは寝室の真ん中に立って体を揺らしながら、両手を広げたり、拳を握ってボクサーみたいに宙を打ったりしながら、ウィルのトラックに合わせてラップした。

聞いてほしくなる。こんな衝動をミアは感じたことがなかった。どうしてこんな気持ちになるのかわからなかった。これまで誰にも自分の気持ちなんか読んでほしいとも、聞いてほしいとも思わなかった。

どうせ裏切られると知っているからだ。

ゾーイが里親になれないと言ったように。ミアと友だちづきあいしているのを人に知られたくないから、イーヴィが教室では紙切れのメッセージでしか話してくれないように。

でも、ウィルは違う。ウィルは堂々と教室でミアに話しかけてくれた。対等な立場で、誰に見られても構わないという態度で、このトラックを渡してくれた。だから私も対等な立場で、彼に自分のラップを聞かせたい。

ミアはレイラに貰ったスマホを探した。チェストの引き出しの隅にそれは転がっていた。ミアはそれを手に取り、顔の脇で水平にかまえて、自分のラップを録音し始めた。

「オー・マイ・ゴッド……。ラップもできるんじゃないか、ミア！」

ウィルは音楽部の部室でヘッドフォンをつけたまま、そう叫んだ。ミアはちらりとウィルの顔を見て、微笑しながら恥ずかしそうに俯いている。

目の前で自分の歌を聞かれるのはさすがにきついと感じたので、録音したスマホを渡してさっさと帰るつもりだった。だが、スマホを人に渡したまま帰るなんて考えてみれば変な行動だし、そこまで恥ずかしがっていると思われるのもクールじゃない気がした。

それに何よりも、ミアにはもうあの時間を経験することが我慢できなかった。ウィルはどう思っているんだろうと想像して不安になったり、イライラしたりする時間。どうせなら目の前でウィルの反応が見たかった。たとえがっかりされても、何て言ったらいいかわからないような憐《あわ》れみの目で見られても、ダメならダメでその場ではっきりと傷つきたい。

だからミアは放課後にウィルの後を追い、音楽部の部室でラップの録音を聞かせたのだった。

「ラップになってる？」

「もちろん！　いいよ！　僕はあんまりボキャブラリーがないからうまく言えないけど、とにかくすごくいい！」

ちょっとウィルの声が大きくなり過ぎたせいで、部室の隅でコンピューターを立ち上げていた上級生が振り向いた。

ウィルは肩をすくめて声の調子を落とし、ミアを見ながら言った。

「文才があるだけじゃなくて、ラップもできるんだから、ミアは才能がある」

「え？」

「ミアは絶対に持ってる。僕はずっと知ってたけど」

ウィルはそう言って眩《まぶ》しそうにミアを見て笑っていた。

しばらくミアのラップを聞いていたウィルは、ヘッドフォンを外して真顔になって言った。

「聞かせてくれて、ありがとう」

あまりにまっすぐに礼を言われて、ミアは戸惑った。

「自分の曲とか自分の歌とか、人に聞かせるのはすごく勇気がいるよね。だから、ありがとう」

ウィルの邪気のない笑顔を見ていると、何か言葉を返さなければと思った。が、適当な言葉が見つからない。ミアは、ウィルのように素直に思っていることを言えないからだ。

「リリックが本物《リアル》なんだ。それがすごいよ」

とウィルが言った。

本物《リアル》。

その言葉が妙にミアの心に刺さった。それはミドルクラスの人たちが自分のような環境で生きている人間の生活を指して言う言葉だと知っていたからだ。本物の貧困、本物の底辺、本物の公営団地。ウィルはこの言葉を使うことに何のためらいもないようだった。

ミアは黙ってウィルが自分のリリックを褒め続けるのを聞いていた。それはこの一週間ばかり、ミアが何よりも聞きたいと思っていた言葉のはずだった。だけどいまはもう、あまりそう思えなくなっていた。

10．あなたを助けさせて

その日、ミアとチャーリーが学校から帰ると、二人のソーシャル・ワーカーが居間に座っていた。一人は少し前に来たレイチェルという児童保護課のソーシャル・ワーカーで、もう一人は見たことのない、長い赤毛の髪をふわふわカールさせた中年の女性だ。

「ハロー」

ミアとチャーリーが居間に入ると、二人はソファから立ち上がった。

「はじめまして、私はメアリー。あなたたちのお母さんを担当しています」

赤毛の女性はそう挨拶した。

「はじめまして。ミアです」

ミアはそう言って、チャーリーの背中を軽く小突いた。

「は、はじめまして」

ミアのスカートを片手でぎゅっと握り、チャーリーが挨拶する。

「母は、どこに？」

ミアは二人に尋ねた。

「寝室です。今日はいろんなところに行って疲れてしまったから、お母さんはベッドに横になっています。私たちは、あなたと少し話がしたくて帰りを待たせてもらっていたんです」

レイチェルがそう答えた。

「キッチンでおやつを食べておいで。戸棚にポテトチップスが入ってるから」

ミアがそう言うと、チャーリーは上目遣いに二人のソーシャル・ワーカーとミアの顔を交互に見てから、小さく頷き、居間から出ていった。

「今日は朝から、お母さんはとても忙しかったのよ」

赤毛のソーシャル・ワーカーが笑みを浮かべて言った。ミアが椅子に腰かけると、レイチェルと赤毛のソーシャル・ワーカーもソファに座り直す。

「朝は病院に行って、そこでこれから始まる治療の説明を受けて、セラピストに会って、午後はオアシス・センターに行ってヨガやガーデニングのコースを見学させてもらって……」

　オアシス・センターはアルコールや薬物の依存症から回復中の女性たちを支援するチャリティー施設だ。ミアは小さい頃に何度も連れていかれたことがあるので知っていた。そこの託児所に預けられていたこともある。

「オアシス・センターは、母親たちのための自助プログラムをやっています。NHSの病院でセラピー治療を受けながら、センターの自助グループに参加することにお母さんは同意しました」

　赤毛のソーシャル・ワーカーに説明を受けなくても、ミアはよくそれを知っていた。いったい何度、母親が同じことをしてきたか、この人たちは知っているのだろうか。

「プログラムは、いつから始まるんですか？」

「来週からです」

「でも、すぐクリスマスになります」

「オアシス・センターはイヴから26日までの三日間しか休みません。だから、いま始めても問題はないと思います」

赤毛のソーシャルが言うと、脇からレイチェルも話に加わった。

「そこで、学校がクリスマス休暇の間の話なのだけど。あなたもチャーリーももう大きいから、オアシス・センターの託児所は使えないのだけど、お母さんがセンターに行っている間、ケアをしてくれる大人を派遣するチャリティ団体があるの」

「私はもう中学生だから、そんなサービス、必要ありません」

ミアはきっぱりと言った。

「いや、あなたじゃなくて、チャーリーのケア。あなたはいつも弟の世話をしていて、自分も子どもなのに彼のケアラーみたいになっているでしょう。少しお休みが必要だと思う。レスパイトケアのサービスを受ければ、チャーリーと一緒に映画を見にいったり、食事にいったりするボランティアを派遣してくれるから、あなたも一緒に行ってもいいし、あなたは自分の友だちと遊んでもいいし」

レスパイトケア。

その言葉が妙に引っかかった。そう言えば、そういうことをする人がむかし家に出入りしていたことがある。

突然、奇妙な光景が頭に浮かんだ。ミアの鼓動が急に速くなった。

「そんな人、いりません」

ミアは強い口調で断った。ほとんど発作的に出た言葉だった。

「だけど……」

「私がチャーリーの面倒を見ます。誰もいりません！」

ミアの大きな声に驚いたようにレイチェルが言った。

「そう。それほど言うんだったら無理にサービスを使う必要もないけど……」

「週に三回はお母さんはプログラムのためにセンターに行くし、それ以外にもアクティヴィティに参加することになったら、家を留守にすることになるわよ」

赤毛のソーシャルも言った。

いつもと同じじゃないか、とミアは思った。母親は家にいてもいないのと同じなのだから、いまさら何が変わるわけでもない。

レスパイトケアなんて絶対にいらない。

ソーシャル・ワーカーたちが帰っていった後で、ミアがキッチンで食事の支度を始めると母親がふらふらと自分の寝室から出てきて冷蔵庫からコーラのペットボトルを出した。

「どうせ、生活保護を切られないように依存症の治療に同意しただけなんでしょ」

「うん」

と悪びれずに母親は答えた。

「でも、今度はけっこう本気かも」

ふわっとした声音でそう言い、母親はペットボトルを持って寝室に戻っていった。

本気かも、ってどういうことだよ、とミアは思った。

その、本気かも、に何回私たちが振り回されてきたと思ってるんだよ。


風邪が流行っているからなのか、もうすぐ学期が終わるからなのか、学校を休む生徒が増えていた。もう今学期の通知表も学校のポータルサイトから閲覧可能になっているし、そこには通知表が発行された前日までの出席率も書かれている。だから、みんな気安く休んでいるのだ。レイラまで風邪を理由に今日は休んでいる。

「今日の出席率はどんな感じ?」

「70パーセントって感じかな。寝てないの?」

「寝てるよ。テンペストのラップを聞きながら」

「そうか。お大事に」

休憩時間に校庭の隅でミアはレイラとメッセージを送り合っていた。

母親がプリペイドのバウチャーを買ってくれたおかげで、レイラから貰ったスマホを使えるようになった。依存症回復の自助プログラムの時間割とか、オアシス・センターからメールされてくる書類が必要になったらしい。それで母親がミアのスマホを使えるようにしたのだ。が、スマホを使い始めたと言うと、レイラがしょっちゅうメッセージを送ってくる。ミアにしてみればプリペイドのお金がなくなりそうで気が気ではなく、いつも、やや強引に、なるべく早くチャットを終わらせるようにしていた。

ミアの母親はまじめに病院とオアシス・センターに通っていた。初日は赤毛のソーシャルが迎えにきて、一緒に出ていったが、次の日からは一人でちゃんと朝起きて出かけている。

生活保護を受給しているシングルマザーへの締め付けがだんだん厳しくなっているのはテレビのニュースで知っていた。母親だけがいつまでもぼんやりとしていられるわけがない。彼女は彼女なりに、生活保護を切られないよう努力しているのだ。一日も早く依存症から回復して働く気があるんですよ、という姿を福祉課の人々に見せるために。

いろいろなことがもうこれまでと同じではいられなくなってきたのだ。ミアだってついにスマホを使い始めたように。

「お大事に」でチャットを終えたつもりだったのに、またレイラから返信がきた。

「明日は学校に行くつもり。母さんが具合悪いから、家にいたくない」

「そうなんだ……」

「前のときよりひどい」

「明日、学校で話そう。私、行かなきゃ」

「OK。じゃ、明日」

「バイ」

レイラとのチャットを終わらせ、ミアはモバイルデータを使わないようにスマホの設定を切り替えた。

それにしても、みんなはこんなにしょっちゅう友人どうしでチャットしているものなのかと思った。学校で会って話せばタダなのに、それほど重要でもないチャットをわざわざ通信料を使ってする。ショートテキストメッセージなんて、携帯の会社が違ったら一回の送信で10ペンスもかかるらしい。十回で1ポンド。安売りのスーパーの一番安い食パンが二袋も買える。

友だちとつきあうにはこんなにお金がかかるのだ。だから団地の子は近所の子どうしでかたまって行動するのかもしれない。これも階級ってやつが存在する理由なのだろう。

次は調理の授業だ。ミアは浮かない気分で本館から廊下を渡り、別館の隅にある調理室に入った。先週までは教室で食品群や料理の作り方の説明が行われていたのだが、今日からまた調理実習が始まる。

調理室には流しや調理台やクッキングヒーターがついた細長いテーブルが独立した島のように点在していて、それぞれに五、六人の生徒が腰かけていた。すでにみんな自分の前にスーパーのビニール袋を置いている。

ミアは調理の授業が嫌いだった。材料を買っていけないからだ。今回だって、パエリアとかいう聞いたこともない外国の料理を作るらしく、聞いたこともないようなスパイスとか変な名前のソーセージとか持ってこいと言われたが、そんなの売っている店も知らないし、買うお金もない。

ホワイトボードに貼られた座席表を見にいこうとすると、急に後方の島の一つからミアを呼ぶ声がした。

「ミア、君は僕らのグループだよ！」

振り向くとウィルが立って手を上げている。

「……」

ミアは複雑な気分でウィルがいるテーブルのほうに行った。空いていた端っこの椅子に腰かけると、テーブルの上に自分の材料の袋を置いていないのはミアだけだ。みんなミアのほうを見て見ないふりをしていた。この子の家は貧しいから調理の授業の材料を持ってこられない。じきに先生が「材料を持ってきていない人はこっちに来てください」と言って、この子は前方に出ていって、少しばかりの材料を貰ってくる。いつもそうだ。だから見ちゃいけない。みんなそう思ってミアから目を逸らしている。

「今日から調理実習だって、忘れてた？」

いきなりミアの前に材料の袋がつるつる流れてきた。ウィルが自分の前に置いていた袋を手で押してミアのほうに移動させたのだ。

「シェアしよう。母さんが張り切っていっぱい買ってきたから」

確かにウィルの袋は他の生徒たちの2倍ぐらいに膨れていた。

「ほんとウィル、いっぱい持ってきたみたいだね」

ミアの前に移動してきたビニール袋を見て、女子の一人がぷっと笑った。

「チョリゾとか、大きいのが丸ごと一本入ってるからびっくりした。いったい何人分作ると思ってたんだろ」

「え、ウィル、お母さんに用意してもらってるの？　やだー、お子ちゃまじゃん」

和やかに周囲で会話が始まり、みんな笑っていた。その日、ミアは調理室の前に出ていって先生から材料を貰わずにすんだ。ウィルは終始不器用で、料理なんてしたことのないお坊ちゃんぶりを発揮し、グループの生徒たちを笑わせていた。

調理の授業を終えて本館に戻るとき、ミアは渡り廊下でウィルに声をかけた。

「材料をシェアしてくれてありがとう」

「いや、こっちこそありがとう。僕だけだととんでもないものができちゃうから、一緒に作ってくれてすごく助かった」

ミアだって見たことも作ったこともない料理だったから、それほどうまくいったとは思えなかったが、ウィルがそう言うのなら大丈夫だったのかもしれない。

「あのさ、ミア、こないだ、スマホでラップを聞かせてくれたじゃん」

「え、うん」

「スマホを使っているということは、もしかして、ソーシャル・メディアもやってる？」

「……ワッツアップなら」

「登録していい？　そしたら、新しい曲のこととか、いろいろ連絡できるし」

ウィルに言われてミアは少し身構えた。レイラ以外にワッツアップで連絡している友だちはいなかったからだ。

「そうすれば、いちいちＭＰ３プレーヤーを使わなくても、ワッツアップで曲を共有できるようになるから、僕のトラックをすぐ聞いてもらえるようになる」

そんなことを言われてもミアにはわけがわからなかったが、よくわからないことを断る理由を見つけることも難しかった。

「……いいよ」

「じゃあ、電話番号を教えて」

「え？」

「電話番号がないと登録できないんだ」

ミアはスマホを出して、マイ・ナンバーのスクリーンをウィルに見せた。ウィルは素早くそれを自分のスマホにタイプしている。

「これからも、よかったら調理の授業、手伝ってくれる？　その代わり材料は僕が持ってくるから。ミアが一緒に作ってくれたら、調理の成績が絶対上がると思う」

ウィルはそう言って自分のスマホをズボンのポケットに戻し、笑っていた。ウィルは全部わかっていて二人分の材料を持ってきたのかなとミアは思った。

そしてこの関係はやっぱり対等ではない気がした。

＊

人と人との関係に対等なものなどない。

私はそのことをよく知っていた。

祖母や叔母と私との関係は対等ではなかった。学校の先生や子どもたちとの関係もまた対等ではなかった。

富む者と貧しい者、恵まれた者と恵まれない者。その差がこの世にある限り、片方は常にもう片方の顔色をうかがい、片方がもう片方を支配し、いじめる。

その非対称な関係が、人間たちの世の中の関係性だ。

だから時々、私はその関係から逃げ出したくなった。なぜなら、対等な関係、いや、対等とか非対称とかいう言葉さえ意味をなくすような、人間社会とはまったく違う在り方が存在している場所を知っていたからだ。

それは、岩下家の裏にある山の中にあった。山に登るとき、私は人間界の不平等や残酷さをすべて忘れることができた。

一人で山に入れば、そこに生きているものたちすべてが私を迎えいれてくれた。木々も花々も草むらも、私を抑えつけようとも歪めようともせず、あるがままの私を受けいれてくれる。

雉《きじ》や兎《うさぎ》や虫たちは、私が歩き出すと驚いて跳びだしたり、どこかに飛んでいったりするのだが、私が土の上に寝転んでいると安心したように戻ってきて、いつも通りの活動を始める。彼らには、山の中に分けいって歩いてくる私の姿は、自然を支配するためにやってきた人間にしか見えないようだが、私が立ち止まり、土に寝そべるとそうではないとわかるようだった。

山の中で寝転んでいると、私はいつも自分が体から流れだし、土になって自然の中に溶けていく感覚を覚えた。私が自然で、自然が私だった。私は土の一部であり、土は私そのものだった。

こんな風に人間と自然は溶け合って一つになることができる。なのに人間どうしは決してそうはできない。

それは人間の社会にいろいろな決まりごとがあるからだ。お金とか、地位とか、家とか、国とか、人間が作った様々なものが、生身の人間たちを互いから切り離し、対等ではないものにしてしまう。

だけど自然には、そこにいる自分たち以外には何もなかった。上もなければ下もない、対等も非対称もない。ただ自由で、寛容で、率直な自然の関係性の中で私の傷はじわじわ癒されていくのだった。

山に行くと私はよく泣いたが、それは悲しい涙ではなかった。嬉しい涙だった。ありがとうと言いたくなる涙だった。

朝鮮で私が生き続けられた理由は、あの山があったからだ。生きる滋養を与えてくれる黒々としたやさしい土がそこにあったからだ。

山は私を元気にしてくれる唯一の場所だった。自然のおおらかさの中で生き返り、私は山を下りてまた窮屈な人間の関係性の中に戻っていくのだった。

＊

「今日ね、畑に行ったんだよ」

「畑？」

「うん。センターに来ている人たちがみんなで畑を借りて野菜を作ってる。すごく気持ちがいいんだ。土をいじってるとなぜか心が元気になってくる。自然って不思議だね」

母親の話を聞いて、ミアはフミコが山に行ったときのことを書いていたのを思い出した。

母親はよく喋るようになった。いつも、治療を受け始めたときはそうだ。機嫌がよくて、お喋りになる。こんな風にはしゃぎだすのは初めてのことじゃない。その後の揺り戻しを考えるとミアは憂鬱な気分になった。

母親がソファでチャーリーに畑の話をしている間に、ミアは窓際の椅子に座ってレイチェルから質問を受けていた。

依存症者が治療プログラムを始めるときには予期せぬ副反応が出たりするので、児童保護課のソーシャルが頻繁に訪ねてきたり、電話してきたりするようになる。ミアはそれも経験から知っていた。

「食事はきちんと取ってる？」

「いつも通りです」

手帳に質問へのミアの答えを書き込んでいたレイチェルが、ふと顔を上げて言った。

「そういえば、カウリーズ・カフェに行ってるんだってね」

「はい」

「ゾーイに聞いたの。私もあそこへは仕事でよく行くから」

レイチェルはそう言って微笑んだ。

「……でも、本当はこの仕事を始める前から行ってたんだけどね」

「ボランティアしてたんですか？」

「子どもの頃に、食事をしに行ってたの」

ミアは驚いてレイチェルのほうを見た。

「私も、妹たちを連れてビュッフェを食べにいっていたから、ゾーイのことはその頃から知っている」

レイチェルの鼻のピアスが窓から差し込む日光できらきら光っていた。

「イーヴィも小さい頃よくあそこに来ていたから、よく覚えてる。きっとすっかり大きくなったんでしょうね」

「ダンス部のスターで、すごく人気があります」

「そういえば彼女、小さい頃からダンスが好きだった。よくカフェで人がいないときに踊ってたもん」

レイチェルはふふっと思い出し笑いをした。

自分と同じように子どもの頃カウリーズ・カフェに食事に行っていた人が、こうやってソーシャル・ワーカーになっているのがミアには信じられなかった。

「あなたはチャーリーがいるからクラブ活動なんてできないと思うけど、お母さんが治療に成功すればいろんなことが変わると思う」

レイチェルは真顔で言った。ミアは、この人は本気でそんなことを信じているんだろうかと思った。

「それはあんまり期待してません」

「どうして？」

何度も裏切られてきたから、と言いたかったがミアは口をつぐんだ。ソーシャルに無駄なことをぺらぺら喋るのは禁物だ。

「もちろん、うまくいくといいとは願っていますけど」

急いで言い繕ったミアの顔をじっと見ていたレイチェルは、低い声で淡々と言った。

「何度も失敗したから今度もダメということはない。いつかうまくいくこともある。お母さんもそう思ったから、病院やセンターに通うことに決めたのよ」

「そうですね。本当によかったと思います。いろいろ助けてくださってありがとうございます」

ミアの口調は再びソーシャル向けのよい子モードになっていた。

「……まだ何も助けてないと思うけど」

「え？」

「私たちはまだあなたのことを全然助けていない」

怪訝そうな顔をしたミアを見つめながら、レイチェルは続けた。

「子どもの頃、私を助けてくれた大人たちがいた。だから大人になった私にも、あなたを助けさせてくれないかな」

「……」

こんなことを言うソーシャルは初めてだったので、ミアはどう反応していいかわからなかった。

「変なことを言うソーシャルだと思ってるでしょ」

レイチェルは両方の口角《こうかく》を上げてにっと微笑んだ。

「そりゃ正直言って全員とは言わない。でも、ソーシャルの多くは、こういう変なことを考えて仕事をしている人間なの」

「……」

「世の中には、子どもを助けたいと思う大人もいるのよ」

レイチェルはパタンと手帳を閉じ、静かに椅子から立ちあがって窓枠の上に小さなカードを置いた。紫色のチューリップのイラストが施されたそのカードには、レイチェルの携帯の番号とメールアドレスが印刷されていた。

いつものようにゾーイがカウリーズ・カフェのカウンターの中で忙しく立ち働いていると、珍しい人物がビュッフェを食べにきた。水玉の傘をドアの脇の傘立てに立てかけて、レイチェルがふらっと入ってきたのだ。レイチェルは食事が並んだカウンターの隅に置かれている箱の中に、10ポンド札を入れた。ビュッフェの料金は1ポンドだが、働いている人やお金に余裕のある人はいくらでも好きな金額を入れることになっている。

「どうしたの？　今日は一人？」

「ええ。夕食作るのが面倒になっちゃって、久しぶりにここで食べていこうかなって」

担当する家族を連れてきたことはあっても、レイチェルが一人でここに来たのは初めてのことだった。ゾーイはレイチェルに紙皿を渡しながら、言った。

「今日はタイ料理の日。パッタイが美味しいわよ」

「へえ、いまはそんな洒落たメニューもあるのね」

レイチェルはそう言って笑いながらゾーイを見た。むかしレイチェルが妹たちを連れてここに来ていたときは、そんなインターナショナルなメニューはなかった。

「そうよ。このカフェの料理も進化してるの」

ゾーイも笑ってレイチェルのほうを見る。真剣な顔つきで料理を選んで紙皿に取っているレイチェルを見ていると、十代の頃の彼女の顔が重なった。母親が家に帰ってこなくなったり、有り金を全部使ってドラッグを買ったりすると、彼女は妹たちを連れてここに食事にきた。自分が食べるよりも先に、妹たちの世話を焼き、彼女たちがテーブルで食べ始めてから自分の食事をカウンターに取りにきた。ヤング・ケアラーという言葉があるが、レイチェルはまさにその典型だった。

「今日、ミアとチャーリーの様子を見にいってきた」

レイチェルは自分をじっと見ているゾーイの視線に気づき、顔を上げてそう言った。

「どうだった？　治療はうまくいっているの？」

「母親のほうの治療プログラムは、滑り出しとしてはいい感じ。子どもたちも落ち着いている。いまのところは万事ＯＫよ」

「そう。良かった」

「あのミアって子、すごくしっかりしてるわね」

レイチェルの言葉に、ゾーイは意味ありげな笑みを浮かべて言った。

「私は、ミアによく似た十代の女の子がここに来ていたのを覚えている。彼女も必死で自分の家族を守ろうとして、いつも全身をきりきりと緊張させていた」

「……」

「あの団地の子どもたちは、荒れていく子たちも悲しいけど、ミアのような子も悲しい。しっかりしている子が傷ついていないというわけではないから。ああいう子たちは身を潜めているから目立たないし、警察や福祉のレーダーには引っかかりにくいけど、本当は同じように支援を必要としている」

レイチェルは頷いたが、少し抗議するようにゾーイの目を見ながら言った。

「それでも、声を出して話してくれないとこちらにはわからない。ああいう子に武装解除させるには時間がかかるのよ」

「……あなたはそのことをきっと誰よりも知ってるわね」

「当然です。いまや私、プロのソーシャルなんですから」

笑いながら紙皿を持って歩き去ろうとするレイチェルにゾーイが言った。

「あなたがミアたちの担当で本当によかった」

レイチェルは振り向いてにっこり笑い、空いているテーブルのほうに歩いていって、一人で静かに食事を始めた。


「母さんが、もうほんとにヤバい」

学校に出てくるなりレイラはミアに愚痴を聞かせた。

「カウンセラーのところから帰ってきて、ずっと独り言を言ってるんだ、キッチンで。それがすごく大きな声で、自分では全然わかってないと思うんだけど、怖いぐらい大きい」

ミアの母親は酔っているときやハイになっているときはいつもそんな感じなので、ミアにとっては特別なことではなかった。

「大変だね。早く、お母さん落ち着くといいね」

「どうかな。今回ばっかりは……。睡眠薬ばっかり飲んでぼんやりしているから、おばあちゃんが家に来たときに薬を全部隠したんだ。一日に必要な数だけ、私が毎日、キッチンのいつもの場所に置くようにしなさいって」

「うん」

「そしたら、私が寝ている間に、母さんが私の部屋にまで入ってきて探してた」

「睡眠薬に依存してるの？」

「そうなんだと思う……。なんか、ああいう母さん、ちょっと怖くて気味が悪い」

「カウンセリングの効果が出てくるといいね」

ミアはあずかり知らぬ他人事のように、ソフトな口調で言った。ミアの母親も依存症の治療を受けているのだが、レイラはそんなことは知らない。

「私はあんまり期待してない。悪化する可能性のほうが高い」

レイラはそう言ってため息をつき、ジャケットのポケットからスマホを出していじり始めた。

「ねえ、そう言えば、インスタのアカウント、作った？」

「え、作ってない」

「作りなよ。そしたら私だけじゃなくて、いろんな人と交流できるし、みんながいま何をしているかリアルタイムでわかるから」

みんながいましていることなんてリアルタイムで知りたくないけどな、とミアは思った。第一、そんなことまで始めてしまったら、いよいよプリペイドの通信料がなくなる。

「私、写真とか撮るの、好きじゃないから」

「別に写真だけを投稿しなくてもいいんだよ」

そう言いながらレイラがスマホのスクリーンの上でするすると指を滑らせていく。

「ほら、ウィルもアカウント持ってるよ」

レイラはそう言って、意味ありげに微笑しながらミアのほうにスマホのスクリーンを向けた。

スクリーンがいくつもの小さな画像に分割されていて、ウィルや彼の友人たちの写真や犬の写真、バンドのライブやミュージシャンの写真などが並んでいた。

「イーヴィのアカウントとかも格好いいよ。セルフィーが多いけど、彼女はよくラップの歌詞の一節とかもアップしている」

レイラはそう言いながらまたスクリーンの上をあちこちタッチしてイーヴィのアカウントをミアに見せた。こっちも小さな画像が並んでいて、唇を尖らせて同じ角度から撮ったイーヴィの顔がたくさんあった。

「雑誌のモデルの写真みたいだよね。ほら、これがイーヴィの最新の投稿」

そう言って、レイラは小さな画像の一つに指先で触れた。スクリーンいっぱいに映し出されたのは、イーヴィがゾーイと一緒に写っている写真だった。背景はカウリーズ・カフェだ。見慣れたその場所はミアには一目でわかる。他の写真と同じように右斜めの角度から目を見開いて唇を尖らせているイーヴィの右脇でゾーイがにこやかに笑っていた。その背後に二人男性が写っている。ディナー・ビュッフェに来ていた人たちだろうか。紺色のニット帽を被った髭面の男性が、イーヴィの右肩に手を乗せてこちらを見ていた。

ミアの全身から血の気が引いた。

そのヒップスター風の髭面の男に見覚えがあったからだ。その男の大きくて丸いヘーゼル色の目。マルクス髭のおじさんと一緒にカウリーズ・カフェで喋っていた髭面の男だった。

あの男。

ここ数日、目を閉じると覆いかぶさってくるその男の丸い目がiPhoneのスクリーンからミアを見ていた。

「母さんと福祉ボランティアの人たち」

写真の下にイーヴィがそう書き込んでいた。

ごうごうと音をさせて風が楡の木の枝を揺さぶっていた。

「大丈夫？　どうかした？」

心配そうな表情でレイラがミアを見上げている。

ミアは無言でかすかに微笑んでみせ、レイラのiPhoneから目を逸らした。授業再開5分前を告げるベルが校庭に鳴り響いていた。

11. ここから逃げる

自分に呪いをかけるように頭の中で同じ言葉を繰り返しながらミアは学校での一日を終わらせた。

いつものようにできないわけがない。

これで何が変わるわけではない。

出てきたことを箱の中に戻して蓋をして忘れる。これまでだって、たくさんのことをそうしてきた。これからだって同じことだ。できないはずがない。

そう自分に言い聞かせながら家に帰ったのに、ドアを開けて中に入ったらこっちはこっちでいつもと違っていた。ミアにはもう、臭いでわかった。家の中に、緊急事態の臭いが漂っている。

どこからだろう。母親の寝室？　それともキッチン？

ミアはまっすぐチャーリーを寝室に連れていき、服を着替えるように言った。チャーリーは服を着替えるのに時間がかかる。その間に緊急事態に対応しなければいけない。

ミアは、ドアが開け放しになっている母親の寝室を覗いた。ぐしゃぐしゃに乱れたベッドのシーツの上にコップの水をこぼしたような跡があった。ここで放尿したのだ。それは臭いでわかった。自分がどこにいるのかわからなくなったら彼女はどこでも放尿する。

絨毯《じゅうたん》の上にビールの缶がいくつも転がっていた。その一本から、もう一つの尿の跡みたいに液体がこぼれている。尿とアルコールが混じり合った、吐きたくなるような臭い。ミアの家の緊急事態の臭いはむかしからこれだ。

ミアは意を決して、キッチンのドアを開けた。

白髪交じりの髪をゆらゆらさせて、椅子の上に立膝をついて母親が座っている。テーブルの上には飲みかけのウォッカの瓶とさらなるビールの缶。母親の髪の毛の先が触れそうになっているテーブルの表面に、薬の銀色の包装シートが数枚転がっている。透明のプラスティックの丸い部分がほぼ空になっていた。

「母さん！」

ミアは母親を呼んだ。

「何やってんの、母さん！」

母親は反応しなかった。目も鼻も口も、顔のパーツの両端が全部、垂れ下がっている。だらりと際限なく伸びて下がり、唇の端からは涎《よだれ》が垂れていた。

ミアは反射的に薬の包装シートを手に取って、ジャケットのポケットに入れた。昼間、学校でレイラが自分の母親の話をしていたのを思い出したからだ。レイラの母親は睡眠薬に依存していると言っていたが、ミアの母親も、いま病院で睡眠薬を処方されているのだった。

依存症の治療をしている人間に、薬《ドラッグ》なんて処方してどうするんだ。

半分死んだ人間のように静止していた母親が、急にミアのほうを向いて右手を伸ばしてきた。

「あたひの、それ、あたひの、く、ふり……」

呂律《ろれつ》の回らない低い声で母親が言った。それはもう母親の声ではなかった。

母親が劇的に崩れるとき、ミアは彼女が本当にそんな風になっているのか、それとも演技をしているのかわからなくなる。演技だとしたら、どうして娘の前でそんな姿を見せるのだろう。自分はこんなにも弱いということを見せるため？　何とかしてくれと言いたいの？　これ見よがしに母親の全部がこんなに垂れ下がるのは何のため？

体の奥の深いところから嫌悪感が湧いてきた。

ミアの母親は椅子から腰を浮かせ、両腕をテーブルの上に這《は》わせ、両方の二の腕の間に顔を挟んで、「うーっ、ぬうああーっ、ううあぁーっ」と唸《うな》りながら、手をミアのほうに伸ばしてきた。

それはいつかテレビで見た映画のゾンビみたいだった。怖かったが、わざとらしくて滑稽《こっけい》でもある。何を求めているんだろう。これ以上、この人は私に何をしろというのだろう。

もう無理だ。心臓が体から飛び出して走って逃げ出しそうなくらい速く鳴っていた。

「ぬうああああ――」

母親は涎を垂らしながらテーブルの上に上半身を突っ伏し、ミアに向かって右手を伸ばしている。

ミアはふと思った。母親は私にもゾンビになってほしいんじゃないか。ゾンビは他の人間をゾンビにするために襲いかかる。母親はずっと、私にも彼女みたいになってほしかったからこんな演技をしてきたのではないか。

ミアはぎゅっと唇を噛んで母親から顔を背け、キッチンから走り出た。尿とアルコールの臭いが籠った母親の寝室に行き、ベッドの下から大きなスポーツバッグを出して自分の寝室に持っていった。

チャーリーが脅えた顔をしてズボンを穿きかけのまま立っている。キッチンで母親が発した奇声が聞こえていたのだろう。ミアは自分とチャーリーの下着や服をスポーツバッグの中に入れ始めた。

「どこかに行くの？」

チャーリーが不安そうに聞いた。

「うん。どこかに行こう。どこかのほうがここよりはずっといい」

ミアは振り向いて笑ってみせたが、チャーリーは部屋の隅で固まっていた。

スーパーの仕事から帰ってきたゾーイが食事の支度を始めようとしていると、イーヴィが部屋から出てきた。

「あれ？　今日はカウリーズに行く日じゃなかったの？」

「えっ、今日は当番の日じゃないでしょ」

ゾーイは自分がうっかり忘れていたのかと思って冷蔵庫の扉に貼ってあるシフト表を見た。

「ほら、休みだもん、今日は」

「そっか。ミアとチャーリーがバスに乗ってるのを街で見たから、てっきり母さんが今日はカウリーズにいるのかと思った」

「え？　どこで見たの？」

「ショッピングセンターの前。今日、友だちと冬のバーゲンの下見に行ったんだけど、横断歩道に立ってたら前をバスが横切って、ミアとチャーリーが乗ってた」

「確かに二人だったの？」

「うん。信号が変わって、ゆっくり走り去っていったから、間違いない」

前にミアたちが来たときに、今日は休みだからカフェに来ても自分はいないと言っていたのに、忘れてしまったのだろうかとゾーイは思った。

「一応、電話しとこうかな、今日の当番のボランティアに」

ゾーイはテーブルの上に置いたバッグの中から自分のスマホを取り出した。

「今日の午後、学校でミア、ちょっと変だった」

イーヴィはそう言ってキッチンのテーブルの椅子に座った。

「変って?」

「机の上に何も出さないでぼんやりしているから、数学の先生が注意したんだ。そしたら、いきなりぼろぼろ涙をこぼし始めて、先生が焦っていた。あんなミア、見たことない」

「何かあったの?」

「知らない」

ゾーイは妙な胸騒ぎを覚えた。

「バスの中の二人、どんな感じだった?」

「どんなって、ジャケットを着てて、ふつうの感じ。窓際にミアが座ってて、本を読んでた。最近、学校でいつも読んでる青い本」

カウリーズに来るマルクス似の髭の男性がミアに勧めた本だろうかとゾーイは思った。片手で弟の肩を抱きながら一心に本を読んでいるミアの横顔のイメージがゾーイの頭から離れなくなった。

＊

私が家を出たきっかけは、操《みさお》さんという若くて美しい女性が岩下家を訪ねてきたことだった。

彼女は祖母の姪《めい》にあたり、江景《こうけい》という地域で開業医をしている人と結婚しているらしい。操さんは、「私の夫はとても裕福なのです」と言わんばかりの絢爛豪華《けんらんごうか》な着物で現れた。

何日かが過ぎ、互いの裕福な暮らしを自慢することに飽きた頃、操さんが知人を訪ねたいと言い出した。知人は芙江から十里ほど離れたところに住んでいて、できればこの機会に会っておきたいという。

「でも赤ん坊がいるから、汽車の旅も大変だし……」

と操さんがため息をつくと、脇から祖母が言った。

「いいじゃないか、ふみを連れていけば。坊やはふみがおんぶして行けばいいんだよ」

操さんは祖母たちの家に着いて以来、私に言葉すらかけてくれなかった。だが急に私の顔を見て、やさしく微笑んだ。

「そうしてもらえると本当にいいのだけれど、でも、ふみちゃんは私と一緒に来てくれるかしら」

祖母は、いつもなら、叱りつけるように「行きなさい」と言うのだが、このときばかりは、なぜか私に頼みごとをするように下手《したて》に出た。

「ねえ、行っておあげよ、ふみ」

赤ん坊が泣き出して操さんが部屋から出ていくと、祖母はさらに寛大なところを見せた。

「嫌だったら嫌だとはっきりお言い。嫌なものを無理やり行かせるようなことは私たちだってしないから」

思ってもいなかった言葉をかけられて、私の心の鎧《よろい》が緩んでしまった。私はうっかり本心を言ってしまったのである。

「本当は、……もし行かなくてもいいのなら、私、行きたくない」

「はあ？　何だってえ？」

気づいたら目を吊り上げて鬼のようになった祖母の顔が私の目の前にあった。

「何だってえ？　人がちょっとやさしい言葉をかけてやったら図にのってすぐこれ

だ」

鬼は私の胸倉《むなぐら》を摑んで、私を縁側から地べたに突き落とした。

「行きたくないなんて、おまえ、いったい何様なんだい？　卑しい百姓の子守だったのをかわいそうに思ってうちで拾ってやったのに。いい加減におし」

祖母は縁側から飛び降りてきて下駄を履き、私の横腹を蹴った。

「その代わり、おまえ一人でここから出ていけ。子守をしない子守に用はない。さっさと出ていけ。いますぐに」

踏まれたり蹴られたりしているうちに頭がぼんやりしてきた。祖母は私の髪を引っ摑み、ずるずると地面を引きずって、門の外に放り出した。ガタガタと門《かんぬき》のかかる音。祖母が家のほうに戻っていく足音がする。

私はもう起き上がることもできなかった。通行人が脇を通り過ぎていく。私は仰《あお》向《む》けに倒れたまま夏の空を見上げていた。

もう、いっそ本当に出ていったほうがいいのかもしれない。ここにいたら最後には殺される。そんな考えが頭をよぎった。

＊

無人のプレストンパーク駅にミアとチャーリーは立っていた。

団地の前のバス停からバスに乗り、終点まで行くと、のどかで美しい村に辿り着いた。広い庭のある一戸建ての大きな邸宅がまばらに立っている。貧しい公営団地の前から走り出すバスが、こんな優雅な田園地帯に行き着くのだ。

こういう静かな地域を歩いていると、家出した子どもはすぐ目について、警察に通報される。もっと人がたくさんいるところに行く必要があった。誰がどこを歩いていても誰も気にしない雑踏《ざっとう》の中にまぎれ込まなければいけない。

ミアは、ロンドンに行こうと思った。小学生の頃に、母親とその頃の彼女の恋人と一緒にロンドンのパブに行ったことがあった。あんまりたくさん人が駅にいてびっくりしたのを覚えている。地下鉄に乗っている人たちは英語すら喋らなかった。あそこはロンドンという名の別の国だ。

団地からいなくなる女の子たちもロンドンに行く。ロンドンで見つかり、連れ戻された子もいる。でも、たいていの子は行ったらもう帰ってこない。きっと行けば何とかなるのだ。

ミアとチャーリーはまた逆方向のバスに乗り、途中で二度乗り継いで、プレストンパーク駅にやってきた。そこは自動改札のない小さな駅だ。いまどき、鉄道会社も人手不足だから、一度乗ってしまえば、切符をチェックしにくる車掌なんていない、プレストンパーク駅から乗れば切符なんて買う必要ないって、団地の人たちはいつも言っている。

プラットフォームに立っていると、小学生の頃、同じクラスだった男の子の父親がここで自殺したことがあったのを思い出した。スポーツ・デーやサマー・フェアなどのイベントがあると、保護者たちの中心になって手伝っていたやさしそうな父親だった。それがある夕方、突然このプラットフォームから電車の前に飛び込んで死んだ。

大きな立派な家に住んで、自分の会社を経営している人だったのに、そういう人がどうしてそんなことをしたのだろう。飛んで終わりにしたい何かがあったのだろうか。それは命と引き換えにしても終わらせたいことだったのだろうか。

鈍く光る線路を覗き込んでいると、チャーリーがぎゅっとミアの手を握りしめてきた。

我に返るようにミアが振り向くと、チャーリーは脅えきった表情でミアを見ている。

「大丈夫。大丈夫だから」

ミアは笑いながらチャーリーの手を握り返し、ホームの縁《ふち》から後ずさった。

団地の前のバス停に立っていたときも、チャーリーはこんな不安そうな顔をしてミアに尋ねた。

「僕たち、どこに行くの？」

「どこかはまだ決めてない」

「じゃあ、家に帰る。どこに行くか決めてから出発しようよ」

「それじゃ遅い」

「どうして遅いの？」

「母さん、今日、私たちが学校に行っていた間にお酒や薬をたくさん飲んでた。だから私たち、今度こそソーシャルに連れていかれる」

「え？」

「家に帰ったら、母さんのために救急車を呼ばなきゃいけない。そしたら私たち、ソーシャルに連れていかれる。ソーシャルと一緒にどこかに行くのと、こうして私とどこかに行くのと、どっちがいい？」

ミアは腰をかがめて、チャーリーと目の高さを同じにして弟の答えを待った。

「ソーシャルに連れていかれても、僕たち、一緒にいられるの？」

「たぶん、バラバラにされる」

「……」

チャーリーは下を向いてぼろぼろ涙をこぼし始めた。

「そんなの嫌だ。一人になりたくない……」

「じゃあ一緒に行こう」

「でも怖いよ」

「大丈夫。私が守るから。あんたのことは絶対に私が守る」

ミアがチャーリーの両腕を摑んでそう言うと、チャーリーが首に抱きついてきた。ミアもぎゅっと弟を抱きしめた。不安の塊のような小さな体がミアの腕の中でぶるぶる震えていた。

ロンドン行きの電車はガラガラに空いていた。夕方に混むのは、ロンドンから帰宅する通勤客を乗せた下り電車のほうだ。

ミアは家から持ってきたバナナと小さいポテトチップスの袋をリュックから出し

てチャーリーに食べさせた。窓の外はもう真っ暗だ。クリスマスの前は一年でもっとも夜が長くなる。小学生の頃、サンタクロースがどこの家に子どもがいるか暗闇に隠れて見て回ることができるように、クリスマスが近くなると午後4時半には真っ暗になるんだと言っていた子がいた。きっと家で親がそんなことを言っていたんだろう。そういえば、あれはプレストンパーク駅で自殺した父親の息子だった。

あの男がミアの家に出入りしていたのもその頃だった。

レスパイトケア。そう、レスパイトケアを派遣している慈善団体から、ミアとチャーリーの面倒を見るために来ていたボランティアだった。時々子どもの面倒を見て保護者を休ませるのが彼の仕事で、いつも黒いパーカーを着て、バギージーンズを穿いていた。

ゾーイとイーヴィと一緒に写真に写っていた男。あの髭面の男がチャーリーにしたこと。

そのすべてをミアは知ることができない。なぜならあのときも、いまも、チャーリーに聞くことはできないから。なぜか裸で寝かされていたチャーリーと、あの男がスマホでチャーリーの体を撮っていたこと。そこにドアを開けて私が入ってきたこと。その後、母親の寝室に連れていかれて、あの男が私にしたこと。

そういうことを何度か想像した。実際、何年もの間、それは自分の想像なのだと思っていた。それか、前に夢で見たことを急に思い出しているのかもしれないと。夢なのか想像なのかよくわからないことだから、ただ考えないようにしていた。だけど、あの男のヘーゼル色の丸い目が記憶にかかっていた膜を剝がした。あれは本当にあったことだとミアはもう知っている。

怖いのはいまの時点で知っているのはそこまでだということだ。

それ以上のことを思い出してしまうときがくるかもしれない。

あの男だけではなかった。母親が家に引き入れた男たちの一人も似たようなことを私にした。同じようなことをチャーリーもされていたかもしれない。自分自身のことだって、切れ切れに少しずつしか思い出せないのだ。

全部、頭の中にだけ存在することだったらいい。

本当にあったことでなければいい。

でもそう祈ったところで何も変わらない。起きたことはもう変えられない。だったら、自分でこれから起きることを変えるしかない。泣いたって脅えたって誰も私たちを助けてくれない。またあんなことをされたくなければ、チャーリーにあんなことをされたくなければ、逃げるしかない。もう私たちを大人の好きにはさせない。

知らない間に唇を嚙み過ぎて切れてしまい、ミアの口の中に血の味が広がっていた。チャーリーは疲れて目を閉じ、ミアの腕にもたれていた。ミアは弟の体をさすり、体と手すりの脇に挟んであるリュックからフミコの本を取り出した。

＊

泣きながら自分を憐れんでいてもしかたがないのだった。

大人たちが私を呼びにきてくれるわけもなく、路地に倒れている子どもを助け起こしてくれるわけでもない。

私のような子どもは自分で何とかするしかないのだ。

私は全身の力をこめて立ち上がった。行く当てはなかったが、とりあえず歩きだすことにした。

朝鮮人の人たちが使っている共同井戸のそばに行き、じっと中を覗いていると、知り合いの朝鮮人のおかみさんが菜っぱを洗いにやってきた。

「またお祖母さんに叱られましたか？」

おかみさんは私のほうを見てやさしく言った。黙って頷くと、おかみさんは、ふうとため息をつき、心から同情するような口調で言った。

「かわいそうに……。本当に、かわいそうに」

その声の温かさに、心がじわじわと溶けた。

「うちへ遊びにきませんか？　娘もいますから」

「ありがとう。行ってみましょう」

私はそう言って、おかみさんについていった。家に着くと、おかみさんが私に聞いた。

「失礼ですが、お嬢さん、お昼ご飯はいただきましたか？」

「いいえ、朝から何も食べていません」

「まあ、朝から……」

おかみさんと彼女の娘は驚いて顔を見合わせた。

「うちには麦のご飯しかありませんけど、それでよろしければ、おあがりになりませんか？　麦のご飯ならたくさんありますから、どうぞ遠慮なさらずに」

朝鮮に来てから、こんな何の裏表もない人間的な情を大人からかけられたことはなかった。大人の中には、こんな人間もいるのだ。

それでも私は、そこでご飯をご馳走《ちそう》になることができなかった。胃が収縮するほど食べたいのに、「人の家で貰い食いするような乞食《こじき》はうちには置けない」と祖母に折檻されることを考えると恐ろしかった。

「ありがとう。でも、いいんです。ごめんなさい」

と言ってふらふらとおかみさんの家を出た。

この期におよんでも、私はまだ岩下の家に帰ろうとしていたのである。

＊

ヘイワーズピース駅でしばらく電車が動かなくなった。ミアが本から顔を上げプラットフォームを見ると、黒い箱のような機械を下げてネイビーブルーのブレザーを着た車掌が隣の車両に乗り込んでくるところだった。

ミアは眠っていたチャーリーを揺さぶり起こした。

「車掌が乗ってくる。行くよ。早く！」

頭上の荷物置きからスポーツバッグを下ろし、リュックを背負ってチャーリーの手を引き、ミアは車両後部のトイレに行ってドアを開け、素早く中に入った。こういう事態を想定し、障がい者が利用できる大きめのトイレがある車両を選んで乗り込んでいたのだった。

「ごめんね。ここで寝ていいから」

ミアはチャーリーをトイレの蓋の上に座らせて、その脇に立ち、弟の背中を抱いた。とろんとした目つきで手を引かれるままにミアについてきたチャーリーはミアの腕に体を預けてまた眠りに戻った。

ミアは時間をチェックするためにポケットからスマホを出した。スクリーンの上方に、「Wi-Fi の接続が可能です」と表示されていた。指で押してみると、鉄道会社の名前の隣に無料 Wi-Fi と書かれた接続先が出てきたので、「接続」のボタンを押すと Wi-Fi に繋がった。

ディンドン、と鐘を鳴らすような音が鳴り、スマホのスクリーンにワッツアップの新着メッセージの通知が現れた。ポップスターみたいに唇を尖らせてこちらを見ているイーヴィの写真のアイコンの隣に、「ミア、どこにいるの？」と書かれてあった。続いてレイラの顔のアイコンも現れ、「連絡して。あなたのお母さんが病院に運ばれたんだって」と書いてある。

すでに私たちがいなくなったことがバレている。ゾンビみたいになった母親が誰かに発見されて病院に連れていかれたのだろうか。それとも……。

いろいろ考え始めると気になるので、ミアは首を振り、スマホをジャケットのポケットに入れた。

とにかくいまは、捕まらないようにできるだけ遠くまで逃げるしかない。

ミアは再び顔を上げ、気を取り直すようにリュックからフミコの本を取り出した。

*

もう一度、詫びるしかない。私は家に戻り、茶の間の縁側に手をついて必死で謝罪した。どれほど自分が恩知らずだったか、わがままだったか、言葉を尽くして詫び続けた。

岩下家の人々は茶の間で夕食を食べていた。まるで私の声など聞こえないように完全に無視して食事を続けている。

「うるさい、黙れ」

祖母は箸を止め、片眉を吊り上げてそう言った。

私は自分の部屋に戻って倒れ込んだ。何かを嚙むふりをしたら気がまぎれるかと思い、口を動かしてみた。が、顎が痛むだけで、ぐったりと疲れきり、知らないうちに私は眠りに落ちていた。

どのくらいの時間が経ったのか、起きているのか寝ているのかよくわからないぼんやりした状態でいると、茶碗《ちゃわん》がかち合う音が聞こえてきた。

いつの間にか日が変わり、家の人たちが昼食を食べているのだ。私は全身に力を入れて起き上がり、眩暈《めまい》に抗《あらが》いながら、また縁側に詫びにいった。手を突き、頭を低く垂れて私は言った。

「すべて私が悪かったんです。私のせいで御迷惑をおかけしました。もう二度と思い上がったことは言いません」

祖母は何も聞こえないふりをしていたが、叔母はちらりとこちらを見て言った。

「本当に悪かったと思うなら、今朝だって早起きして家のことをしたはずだ。食事の匂いがしたときだけ出てきて物乞いするなんて、調子が良すぎる」

私は再び自分の部屋に戻り、畳の上に崩れ落ちた。もう何をやっても駄目なのだと思った。

このまま飢えて私は死んでいくのかもしれない。

死。

ふと頭に浮かんだ言葉が、大きく膨らんで脳の真ん中で明るい光を放ち始めた。

死ねばいいのだ。どうせ殺されるなら、自分で死ねばいい。

それはほとんど福音《ふくいん》にも似たひらめきだった。楽になれる。暴力も空腹も終わりにできる。その考えに私は救われた。死が天使のように舞い降りて、私を幸福にした。

体のだるさも眩暈もどこかへ吹き飛び、私は立ち上がった。

12時半の急行列車が来るまでにまだ少し時間がある。それにしよう。思い切って飛ぶだけでいい。そのときすべてが終わる。

12．ここだけが世界とは限らない

誰かがドアをノックする音がした。これで二度目だ。ミアは本を閉じて身構え、トイレの蓋の上に座って寝ているチャーリーの背中を抱き寄せた。あんまり長く閉じ籠っていると、車掌がやってきて、ドアの鍵を外されるかもしれない。

不安だった。

いまだけじゃない。不安は常にミアにつきまとっていた。きっと先々、大変なことが起きる。そんな暗い予感はいつも頭の隅にあった。

ついにフミコは死のうと決めた。

駅で自殺した小学校の同級生の父親と同じことをしようとしている。

だけどミアにはそんなことは考えられない。チャーリーがいるからだ。疲れきった顔で眠っている弟がいるからだ。自分にもたれてくるこの小さな体があるから、ミアは生きなければいけない。生きて、逃げ切らなければいけない。

ディンドン、とスマホが鳴った。

また誰かからメッセージが届いたのだ。

イーヴィが自分たちを探しているということは、母親を病院に連れていったのは団地の人だろう。あるいはソーシャル・ワーカーかもしれない。母親が治療プログラムに行かなかったから、家に訪ねてきた可能性もある。レイラに連絡したのはイーヴィだろう。そしてイーヴィにこのスマホの番号を教えたのはレイラだ。彼女たちが騒いでいるということは、警察にも連絡が入っているだろう。ソーシャルと学校と警察はいつだって繋がっている。彼らはいつも裏で繋がっていて、私たちのような子どもを保護しようとする。

ミアはポケットの中からスマホを出した。自分を追いかけてくるメッセージを読みたくはなかったが、敵の状況を知っておく必要がある。

ミアはスマホのスクリーンを一瞥し、驚いて目を見開いた。そこにあったのは、イーヴィやレイラのセルフィーのアイコンではなく、見たことのない黒いヘッドフォンのアイコンだったからだ。

「ハイ、ミア。ちょっと考えてたんだけど、来週、音楽部のクリスマス・コンサートに出ない？」

虚《きょ》を突かれて見入っていると、またディンドンと着信音が鳴り、再び黒いヘッドフォンのアイコンが現れた。アイコンの脇に「ウィル」と表示されている。

「『両手にトカレフ』を僕と一緒にやらない？」

状況にそぐわない平和なメッセージが間抜けな感じで、ミアは鼻からふっと息を漏らした。

ウィルは私が逃亡したことを知らないのだろうか。

このスマホの番号は前に教えたが、ウィルからメッセージがきたのは初めてだ。

「当電車は終点、ヴィクトリア駅に到着します」

唐突に車内アナウンスが入った。ミアは急いで本をしまい、チャーリーを揺り起こした。ガタンという振動と共に電車が止まる。ピーッと扉が開く音が聞こえた。スポーツバッグとリュックとチャーリーの右手を取り、ミアはトイレの外に出た。ぞろぞろと扉から出ていく人々の後ろから、プラットフォームに降りる。

ものすごい数の人が同じ方向に歩いていて、前方が見えなかった。群衆が動くままに後をついていくと、大人たちの肩越しに改札が見えてきた。

まずい。この駅は全部、自動改札機だ。ミアは一瞬、立ち止まった。後ろを歩いていた大人がミアにぶつかりそうになって「う」と言いながら脇によける。

「チャーリー、こっち」

ミアはそう言ってチャーリーの手を取り、正面ではなく、左側の斜め前方に向かって進み始めた。自動改札機の一番端に手動の扉があり、脇に駅員のおじさんが立っていて、扉を開け放しにしていた。大きなスーツケースや赤ん坊のバギーを押している人たちがそこを通り抜けていく。駅員は、大きなゴミ袋を下げた清掃職員と談笑していて、通り過ぎていく人々のチケットなどまるで確認していなかった。あそこから抜けていくしかない。

だが、ミアとチャーリーが10メートルほど手前にきたあたりで、通り過ぎる人々のほうに駅員が向きなおり、まともにチケットをチェックし始めた。

ダメだ。チケットを持っていない自分たちはあそこで引っかかってしまう。しかも、子どもだけだから、面倒なことになるかもしれない。ミアはチャーリーの手を引いて、改札に背を向け、人々の群れにぶつからないように構内の壁際まで歩いていって、プラットフォームのほうに戻り始めた。

プレストンパーク駅のような無人の小さな駅に行かなければならない。そうしなければチケットなしで外に出ることはできない。

「どうするの？　どこに行くの？」

不安そうな顔でチャーリーが聞いてきた。

「大丈夫。いま考えてるから」

ミアが答えるとチャーリーが言った。

「トイレに行きたい」

「我慢できる？」

「できない。だってずっと我慢してたから……」

ミアは止まっていた電車の一つにチャーリーの手を引いて飛び乗った。そしてトイレのある車両を探し、ドアを開けてチャーリーに用を足させることにした。

「まだ？　チャーリー、終わった？」

「うん」

と答えたわりには、チャーリーがなかなか出てこない。

「どうしたの？」

ミアが尋ねると、おおおん、ううわああんあああ、と地の底から響くような低い声でチャーリーが泣き始めた。パニックになっている。弟がこうなったら収拾がつかなくなることをミアは知っていた。

「チャーリー、ドアを開けて。大丈夫だから、このドアを開けてちょうだい」

「わあああ、開かない、ドアが開かない」

「鍵を外して」

「鍵が、外れない、うわあああああ、外に出れないいいい、あああああ」

チャーリーはドアの自動ロックを解除するためのボタンをバンバン乱暴に叩き始めた。

「そんなにボタンを叩いたらダメ！　壊れたら本当に出られないよ。落ち着いて、チャーリー。両手を胸に当てて、大きく息を吸って」

いつもそうするように、ミアはチャーリーに深呼吸させようとするが、チャーリーはボタンを叩き続け、「うあああああ、わあああ」と呻《うめ》き続ける。透明の大きなゴミ袋を下げ、片手にトングを持った清掃職員が黄色い蛍光色のベストをきらきらさせながら隣の車両から入ってきた。

「どうした？　誰か閉じ込められてるのか？」

騒ぎになると困ると思い、ミアは努めて冷静に言った。

「はい。弟がなかなか出てこないから見てくるよう母に言われて……。鍵が開かなくなったみたいです」

「ボーイ、聞け。泣くのをやめて、出てきたかったら俺の言うことをよく聞くんだ」

大柄の清掃員がそう叫ぶと、チャーリーの泣き声が止んだ。

「いいか、落ち着いてボタンの上に指を乗せて、3秒間押し続けろ。指を乗せたら三つ数えるんだ」

「……OK」

頼りないチャーリーの声が聞こえ、数秒後にドアが開いた。チャーリーは一目散に飛びでてきて、ミアに抱きついた。清掃員は笑いながら言った。

「長めにボタンを押さないと開かないんだよ、このドアは」

「どうもありがとうございました」

ミアは礼を言い、急いで出口に戻ろうとしたが、扉が閉まって電車がゆっくりと走りだした。車両前方の上部にある案内表示を見ると、ガトウィック空港までノンストップのヘイスティングス行き快速だ。しばらく電車は止まらない。

ミアは諦めて空いているシートを探した。そして窓際にチャーリーを座らせ、通路側に自分が座った。パニックになったときにはいつもそうなるように、チャーリーは喘息《ぜんそく》にかかった人みたいに細切れに息をしている。ミアは膝の上にチャーリーの上半身を倒して寝かせ、震えている背中をやさしくさすった。「大丈夫、大丈夫だから。ずっと一緒だから」とうわごとのように繰り返しているとチャーリーの息がゆっくりと静かになり、やがて目を閉じて眠りについた。

ミアはそれを見届けてから、再びリュックの中から本を取り出して広げた。活字を読んでいないとこっちまで潰れてしまいそうだった。

*

死の天使が訪れると、私の気分は急に高揚した。

私は裏門からそっと抜けだし、一気に走りだした。急がなければ急行が来る。私は必死で走った。ようやく訪れた救いを手離すわけにはいかなかった。全力で走らなければ間に合わない、間に合わなければ死ねない、死ねなければ救われないのだ。すべてが整然と、単純な直線で繋がった気がした。

思えば私の人生はいつも複雑過ぎたのだ。何かがまっすぐに目的に繋がっていて、そこに到着することなんてなかった。期待しては裏切られ、信じれば放りだされ、すぐに行き止まりにぶち当たり、しかたなく脇に逸れるとそこは暗い下り坂になっていた。どんどん下っていくだけの坂を私は落ちるだけ落ちた。もうこれ以上、落ちる幅がない。

だからこそ、死の天使が闇から私を引き上げるためにやってきたのだ。そう思うと気持ちが弾み、走る足すら軽く感じられた。

じっと土手の下に蹲り、誰にも見つからないように私は汽車が来るのを待った。

だが、いつまで経っても汽車は来ない。

やがて私は、汽車はもう通過した後なのだと悟った。

逃れなければいけない。生きることから逃れなければ。

その瞬間、またもや天使の羽がふわりと私の頬に触れた。

白川《しらかわ》。白川に身を投げるのだ。あの青い底なしの川に沈んでしまえば、私の体が見つかることもない。

私は再び走り出した。踏み切りを突っ切り、自分自身が死の天使が放った矢になったみたいに一目散に走った。

岩下家の裏の山に登って自分を取り戻していたときに見た白川の姿を思い出していた。駅や宿屋、商店や憲兵隊の詰所《つめしょ》などがぎっしりとひしめき合う村の光景の向こう側にどっしりと広がる芙蓉峰《ふようほう》。その裾を這うように日の光を反射させながらおっとりと白川が流れていた。

白川の岸に辿り着くと、すべてが準備されていたように静けさが広がっていた。人の姿はない。ひたすら全速力で走ってきた私は、安心した拍子に足の力が抜けて砂利の上に倒れ込んだ。夏の日に照らされた砂利は焼けるような熱を持っていたが、皮膚まで疲れきっている私には、ぼんやりとした感覚しかない。

胸の鼓動が落ち着くと私は身を起こした。そして川原の砂利を掌で掬《すく》い、ずっしりと重くなるまで袂の中に入れ続けた。でも、川の中で砂利がこぼれてしまうと体が川面《かわも》に浮き上がるかもしれない。そう考えて、赤い腰巻を外して砂利の上に広げた。そしてその中にも大きめの石をくるんで帯にしてお腹のあたりに巻きつけた。

これでいい。これで私の死体は永遠に発見されない。

水の一部になってゆらゆらと藻《も》のように揺れている自分の青白い体を思い描いた。用意はすんだ。後は飛ぶだけだ。

＊

握っている本と胸の隙間から覗いている二つの目に、ミアはどきっとした。自分の膝に頭を預けて寝ていたはずのチャーリーが、じっとこちらを見上げていたからだ。両目いっぱいに涙がたまっている。

「家に帰ろう」

チャーリーが唇を震わせながら言った。血の気を失くした薄くて青い唇だった。

「家なんてない」

「……あるもん」

「母さん、病院に連れていかれたんだって。だから、……私たちが帰る家はもうない。いま戻ったら、私たちソーシャルに保護される」

ミアがそう言うと、チャーリーはぎゅっと唇を一文字に結び、瞳からぼろぼろ涙をこぼした。そして唾を引きながら口を半開きにし、うおおおお、とまた呻き始めた。

あたりに座っている人々や通路に立っている人たちが一斉にミアたちのほうを見る。ラッシュアワーは過ぎたにせよ、まだロンドンから帰る通勤客が乗っている時間だった。

チャーリーは奇声を発しながらミアの膝の上で頭を左右にぶんぶん振った。そして喉を詰まらせて咳き込み、いまにも吐きそうな声を出し始めた。

「大丈夫？」

前の座席の女性が振り返ってミアに聞いた。ミアは急いで荷物を摑み、チャーリーを抱きかかえるようにして車両の通路を歩いてトイレのある後方に戻った。そして再びトイレのドアを開けて、チャーリーと中に入った。

「吐くならここにして」

トイレの蓋を開け、ミアはチャーリーの頭をぐっと押さえ前かがみの姿勢にさせる。チャーリーは一度パニックに陥るとなかなか回復できない。自分も不安なときにチャーリーがこんな風になるとミアはイライラする。こんなチャーリーを連れて、逃げ切ることなんてできるんだろうか。チャーリーのパニックが伝染したように、ミアの鼓動も速くなる。

誰かがトイレのドアをノックした。

「大丈夫ですか？」

低い音で泣きわめくチャーリーの声が外に漏れているのだ。トイレで子どもを虐待していると思われているかもしれない。ミアはチャーリーの頭から手を放して、彼の体をまっすぐに起こし、ぎゅっとハグした。

「大丈夫、大丈夫だから、私がここにいるから、一緒にいるから、落ち着いて」

言い聞かせている相手がチャーリーなのか、ドアの外にいる人なのかわからなかった。ミアはとにかくハキハキと、大きな声で言った。

「家に帰りたいいいいいい」

チャーリーが泣きながら絶叫したのでミアは答えた。

「うん。帰ろう。家に帰ろうね。もうすぐ着くからね」

ドアの向こう側の人はもうノックすることはなかった。


イーヴィからワッツアップにメッセージが届いたとき、ウィルは部屋で宿題をしていた。

「ひょっとして、ミアと一緒にいたりする？」

イーヴィからメッセージがきたのは久しぶりだった。どうしてこんなことを聞いてくるのだろう。最近、ミアと学校で話をしているから、つきあっているという噂でも流れているんだろうか。ウィルはそう思い、面倒くさそうに一言だけ返した。

「ノー」

速攻でイーヴィから返信が来た。

「OK。もし連絡があったら教えて」

もしかしたらからかわれているのかもしれない。イーヴィたちのグループはよくそういうことをやる。誰かの家に集まって、男子に突拍子もないメッセージを送ったりして、こちらの反応を見て笑っているのだ。引っかかるわけにはいかない。ここはクールに無視するのが得策だ。

ウィルはスマホを置いて机に向きなおったが、実のところ宿題は全然はかどっていなかった。数時間前にミアに初めてメッセージを送ったのだが、返事がないからだ。既読表示になっているので、ミアはメッセージを読んでいる。唐突に、あんなことをメッセージで提案するべきではなかったのかもしれない。これがイーヴィみたいな活発な女の子なら「いいよ！　やろう」と軽いノリで返事が返ってくるのだろうが、ミアは何かを深く考え込んでしまっているのかもしれない。いきなりあんなことを提案した自分のことを乱暴な人間だと思って呆れているのではないか。

だいたい、一度ラップの録音を聞かせたぐらいで、もう一緒にステージに立とうなんて、思い上がりもいい加減にしてほしいと不快に感じているかもしれない。ミアはそこまで僕に心を開いてくれたわけじゃないのだから。

ミアはきっと、ズカズカと入ってくる人間が嫌いなんだ。どうしよう。いまさらメッセージを削除しても、既読になっているし。

ウィルは、分度器とコンパスを握ったまま、机の上にぐったりとうなだれていた。今日、学校で数学の時間にミアが泣いたとき、ウィルの頭の中でシステムダウンが発生した。あれ以来、まともに何も考えられない。あのミアがあんな風に泣くなんて、いったい何があったんだ？　猛烈に知りたかったが、「何かあったの？」なんていきなり聞くのもぶしつけというか、ダサいおせっかい野郎みたいだ。でも知りたい。知らなければもはや僕のシステムは回復しない。

それでこんがらがって、つい意味不明のあさってなメッセージを送ってしまったのだった。

「ハイ、ミア。ちょっと考えてたんだけど、来週、音楽部のクリスマス・コンサートに出ない？」

「『両手にトカレフ』を僕と一緒にやらない？」

ウィルは机の脇に置いたスマホを手に取り、もう一度自分が書いた二つのメッセージを見た。

絶望するほどダメだった。単なる思いつきにしか聞こえないし、軽い。

だけど、読まれたということは、つまり取り返しがつかないということだ。であれば、ここから取り返すには、挽回《ばんかい》するメッセージを送るしかないのではないか。

ここで何か言葉を送らなければ、少しだけ開いたミアの扉が、また閉じてしまう。

ウィルはスマホを握りしめ、一心にメッセージをタイプし始めた。打っては削除し、考えてはまた打った。どんな試験でもこんなに集中したことはなかった。

「ソーリー、ミア。一人で先走り過ぎていた。でも、決してふざけてるんじゃない。僕は本当にずっと君と一緒に音楽をやりたかった。どうしてって思うかもしれない。たぶん最初は好奇心だった。それと、君のことをリアルだと思っていた。リアルって言葉は使うべきじゃないかもしれない。上から目線の差別的な言葉だって言う人たちもいるから。でも、リアルってすごいことだよ。それは強いということだ。目を逸らさないっていうことだ。僕は君のような言葉を書けない。だから君が必要なんだ」

というところまで書いて、ウィルは焦って最後の文章を消した。「君が必要なんだ」はさすがにまずい。ラブレターみたいになり始めている。ウィルは雑念を払うように首を振り、ふうと息を吐いて気を落ち着かせて、再びスマホに向かった。

「僕に君のことなんかわかるはずがない。正直、君のリリックを読んだとき、そう感じて悲しくなった。でも、わからないから知りたい。わからない言葉の意味を少しでもわかるようになりたい。わかるための努力をしたい。だって人間は、わからないことをわかるようになりながら生きているものだよね？　だから、僕がそうできるように助けてくれないかな。もちろん、僕も君を助ける。両手にトカレフを握って立つ君を、トラックで支援する。必要なときには、君の後ろからリボルバーだってライフルだって撃つ」

そこまで書いて、ウィルは指を止めた。

ワッツアップにこんなにたくさんの文字数が書けるとは知らなかった。どこかで書けなくなると思っていたのにそうならないから、異様に長くなってしまった。こんな長大なメッセージをミアが読んでくれるわけがない。

削らなきゃ、とウィルは思った。それに、全体的にもうちょっと練らないと、このメッセージはくどいかも……。もう数学の宿題どころではなかった。ウィルは窓の外の暗い空を見ながら途方に暮れた。

いったい、夜が明けるまでに僕はこれを送ることができるんだろうか。

ガトウィック空港で降りてミアはロンドンに引き返すつもりだった。だが、チャーリーが「知らないところに降りたくない。知らないところに行きたくない」と言ってまた泣きわめくので、この状態の弟に何かをさせることは無理だと悟った。

そのまま電車に残り、終点のヘイスティングスに着いてもチャーリーはプラットフォームに降りるのを嫌がった。でも清掃員が乗り込んできたので、手を引いて電車から出た途端、チャーリーはまた奇声を上げ始めた。しかたがないので、ミアは急いで反対側に止まっていた電車に乗った。電車の中にいると彼は安心するのだ。電車に乗っていればいつか家に帰れると思うのかもしれない。

どうしてそんなに帰りたいのだろう。大人たちにいいように扱われ、弄《もてあそ》ばれた家の、何がそんなにいいんだろう。

乗り込んだ電車の行き先はヴィクトリア駅になっていた。またロンドンまで戻るのだ。

朝までこうやって電車から電車へと乗り継ぐしかないのかもしれないとミアは思った。車内は暖かいし、チャーリーが外を怖がるのは夜だからという理由もある。もともとチャーリーは暗くなってから外出するのが苦手だからだ。

こんな風にチャーリーが臆病になったのだって、あの家でいろんな目にあったからだ。また思い出したくないことの断片が頭に浮かんできてミアは首を振った。

さっきから通路の反対側に座っている男がじろじろこちらを見ていることに気づ

いていた。ビールの缶を背面テーブルの上に二つ並べて、ねっとりした視線でミアを見ている中年の男がいる。くたびれた服装をして、隣の座席にパンパンに膨れたスーパーの袋を三つ置いていた。ちらっとそちらを見ると、赤い顔でミアにウィンクしてきた。

背中から腕にかけてびっしり鳥肌が立った。ミアはチャーリーを座席から立たせて荷物を取り、車両の後ろのほうに移動した。さっきの男も通路を歩いてきて、ミアたちの前の席に座った。

こんな遅い時間にヘイスティングスから電車に乗る人なんていない。車両にはミアたち以外に誰もいなかった。

ミアはチャーリーを連れてまた歩きだし、車両から車両へと移動してトイレのドアを見つけた。

「僕、おしっこしたくないけど、なんでトイレ？」

中に入った途端にチャーリーが怪訝そうに聞いた。

「変なおじさんがいるから。ここのほうが安全」

鍵をかけて閉じ籠ることができるこの狭い空間だけがミアとチャーリーが安全でいられる場所だった。

逃げられないのだ。

逃げたいのに、自由になりたいのに、安全でいるには鍵をかけて閉じ籠っているしかない。

ミアはふと、母親のことを思った。母親は子どもたちを捨てて逃げることを考えたことはなかったのだろうか。逃げて外の世界に出ようとしたことはなかったのだろうか。いつもあの狭い家に閉じ籠っていた母親は、いったい何から安全でいたかったのだろう。

尿とタバコの臭いが染みついたトイレの中に2時間も籠っているのは無理だと思った。しばらくしたら外に出て、いくつか車両を歩き、遠くに座ればもうあの男に見つからないだろうか。だが、トイレの蓋の上に座ったチャーリーは、後ろの壁に頭をもたれて苦しそうな顔つきで眠りに落ちていた。頬に涙の跡がきらきら光っている。

無理なのかもしれない、とミアは思った。まだ私たちには無理なのかもしれない。

ガタン、という大きな振動と共にまた電車が発車した。

＊

ぐらり、と体が地面に引っ張られて揺れた。

袂の砂利とお腹に縛り付けた石の重みのせいだ。全身の力を込めて私は柳の木のほうに移動し、幹につかまって川を覗いた。

川面は蒼黒《あおぐろ》くぬめっていた。脂ぎった口をぽっかり開けて私を待っているようだ。

ふと、この川底に竜が住んでいるという伝説を思い出した。

そうだった。私はたみちゃんの裁縫箱の行方を知ったとき、自分のお腹の中に竜が住んでいたことを知ったのだ。あのとき、口から火を噴いて岩下の家を焼こうとした竜は、白川の底に住む竜だったのかもしれない。これは運命だったのだ。私のお腹の中で世を呪い続けた竜は、私の体と共に川底に帰る。

川面の静けさを見ると体中の毛が逆立ったが、それは恐ろしいという感覚とは違っていた。私の体の中の竜がその暗みをめがけて早く飛びたがっているようだった。

じいじいじいじいじいじい。

唐突に蝉《せみ》が鳴いた。私の頭の上で、蝉が元気よく鳴き始めたのだ。どこで鳴いているのだろう、とあたりを見回し、私はぎょっとして立ちすくんだ。

私を囲んでいる世界が、あまりに美しかったからだ。

山も、木も、花も、草も、石も、すべてがきらきらと発光し、安らかに調和していた。それはさっきまで見ていた光景ではなかった。同じ場所に立っているのに、世界がまったく違ったものに見えるなんてあるだろうか。私の頭上で鳴いた蟬や野の花々や動物たちには、世界はこんな風に見えているのだと直感した。

これほどの美しいものたちに私は別れを告げようとしている。

いま飛べば折檻や空腹からは逃れられる。だけど、それでも世界にはまだ美しいものがたくさんある。まだ見ぬもの、私が知らないものが無数にある。いま住んでいる世界だけが私の住む場所とは限らない。

世界は広い。

じいじいじいじいじいじいじいじいじい。

夏空に逞《たくま》しく蟬の声が響き渡っていた。ここことは違うどこかと繫がっている空はどこまでも高くおおらかだった。私は空を見上げて瞳を閉じた。母や父や妹や弟、山梨の人々、これまで出会い、別れてきた人々が生きている世界がこの空の下にあった。ならば、まだ出会ったことのない人々もこの空の下に存在し、確かにこの瞬間を生きている。

私は死ぬわけにはいかない。まだ知らないたくさんのことを知るまで、まだ出会っていない人々と出会うまで、生きなければいけない。いま、この広い空の下には、私と同じように泣いている人たちだっているだろう。虐《しいた》げられている人たちもいるだろう。私はその人たちに伝えなければならない。ここじゃない世界はいまここにあり、ここから広がっている。別の世界は存在する。

しんと頭が冴えかえっていた。

私はゆっくりと川原の砂利のほうに下りていき、袂から砂利を放りだし、腰巻を外して石を一つ一つ投げ捨てた。

白川の水はもう以前と同じ色をしていなかった。

それは無限に広がる空の色を映し出し、青々と力強く澄んでいた。

＊

「青い表紙の本がクリスマス・ツリーの脇に落ちていたんだって」

レイチェルはゾーイにそう言った。

一睡もできなかったゾーイはキッチンのテーブルの椅子に座り、スマホを耳に当ててホッとしたように口元を手で押さえた。

「それで早朝営業の準備をしていた駅のコーヒースタンドの店員が、その本を拾いにいったら、ツリーの陰に隠れるようにして壁にもたれて子どもたちが眠っていたらしい」

「二人とも、元気なのね？」

「大丈夫だと思う。とにかく、これから行ってくる」

ゾーイは昨夜起きたことを頭の中で反芻《はんすう》しながら、手で額を抱えた。

「昨夜のことはまだあの子たちには言わないほうがいいと思う」

「もちろん、落ち着くまで二人には言わない」

レイチェルの言葉にゾーイは頷いた。

「危険な状態は脱しているし、母親のほうには別のソーシャル・ワーカーがついてる」

レイチェルがそう言ったところで、心配そうな顔をしてイーヴィがキッチンの扉を少し開けて顔を覗かせた。いつもならまだぐっすり寝ている時間なのに、彼女も気が高ぶって眠れなかったのだ。無理もない。昨夜、ミアたちの母親が団地のベランダから飛び降りたとき、救急車やパトカーが来て大騒ぎになり、ゾーイたちのところにも警官が事情を聞きにきた。

「ミアとチャーリーらしき子どもたちが、駅で見つかったみたい」

ゾーイはスマホから顔をずらしてイーヴィに伝えた。

「らしきって、二人じゃないかもしれないの？」

「これから警察と一緒にレイチェルが駅に確認に行くんだって」

ゾーイがイーヴィにそう答えると、二人の会話を電話越しに聞いていたレイチェルが叫ぶ声がスマホから聞こえた。

「イーヴィ、たぶんミアとチャーリーだよ！　服装からして間違いない」

ゾーイはスマホを再び自分の耳に当てて、レイチェルに言った。

「これから、どうなるの？」

「とりあえず受け入れてくれる里親を探すことになる」

「二人、一緒にいられるの？」

「そういう受け入れ先があればそれが一番いいと思うけど、そうでなければ……」

「バラバラなのね。学校は変わらなくてすむの？」

「地域に適当な里親がいればいいけど、そうでなければ……」

「遠くに行くことになるのね」

ゾーイはテーブルに頬杖《ほおづえ》をついて、涙声で言った。

「レイチェル、あの子たちには誰もいないの。これからは本当に誰もいなくなる。ミアの話し相手になってあげて。いい里親を見つけてあげて。あの子たちをお願い」

「……うん。とにかく私、いま車を運転中だから、警察と一緒に駅に行ってくる」

電話が切れた後で、ゾーイはテーブルの上に肘をつき、両手で顔を覆った。

自分が間違っていたのだろうかと思った。

自分が福祉課に連絡を入れて、依存症の治療が始まったために、ミアたちの母親がバランスを崩してこんなことになってしまった。何もしないほうが、あの家族のためによかったかもしれないのだ。飛び降りた場所に車が停めてあったから命に別状はなかったが、ミアたちの母親は身体に障がいを負うかもしれない。

ゾーイが顔を覆ってうなだれていると、不意にふわりと柔らかい手が肩に触れた。

「母さん、ミアたちのこと、もっと助けていいよ」

ゾーイが両手を目の上からずらして見上げると、イーヴィが神妙な顔つきでゾーイを見ていた。

「母さん、本当はずっと、もっとミアたちのこと近くで助けたかったんでしょ。思いっきり助けてあげられるのは、いまじゃないの？」

ゾーイは肩の上で娘の手を握りしめて尋ねた。

「あなたは、それでいいの？」

「私、もう大人だから。マミイを独占したい年齢でもないし」

イーヴィはふふっと微笑した。

「レイチェル、はっきりミアたちだってわかったら電話くれるの？」

「警察も一緒だから難しいかもしれないけど、メッセージぐらいくれるんじゃないかな」

「そっか。じゃ、どうせ眠れないし、一緒にティーでも飲んで待っていよう」

そう言ってイーヴィは流しの前にたち、ケトルに水を入れ始めた。いつの間にか大きくなった娘のしなやかに伸びた背中をゾーイはじっと見ていた。


薄目を開けるといきなり明るい光が飛び込んできた。ミアは反射的に瞳を閉じ、もう一度そっと目を開けてあたりを見回しながら、地元の駅で寝ていたことを思い出した。泣いてパニックになったチャーリーを納得させるために終電でここに辿り着き、駅員がいなかったので自動改札の扉の下から這いだして、構内の人目につかない場所を探して眠ったのだった。

寒さで手足が痺れていた。体が石のように重くて立ち上がれない。右の腕にはぴったりとミアにくっついて熟睡しているチャーリーの頭が乗っている。こんな寒いところで寝させてごめん。小声で呟きながら、ミアは自分のジャケットを被せて寝かせていたチャーリーの腕をさすって温めた。

前方に目をやると、駅員のオフィスのほうから大人たちがこちらに歩いてきているのが見える。そのうち二人は警察の制服を着ていた。よく見ると、緑メッシュの髪がその後ろを歩いているのが見えた。レイチェルだ。私たちは保護される。ついにソーシャルに保護されてしまう。

もうチャーリーを連れて走って逃げることもできなかった。体中が痛くて、疲れ切っていた。

何もかもすべてに降参するようにミアは天を見上げた。

プラットフォームの向こう側にブルーのインクを垂らしたような蒼い空が広がっている。

朝鮮の川のほとりでフミコが見た空を思った。

あの空とこの空も繫がっているのだろうか。その空の下で彼女は美しい世界を見たという。別の世界は存在すると確信したという。

ぼんやりしたまま座っていると大人たちがもうそこまで近づいてきていた。レイチェルがこちらを見て、小走りに近寄ってくる。

ジ・エンド。

すべてここで終了する。

蒼い空の縁が白く染まり始めていた。夜の終わりを告げるために、もうすぐ日が昇る。

ディンドン、と不意にメッセージの着信音が鳴った。

ミアはジーンズのポケットに手を入れ、スマホを取り出して見た。

指紋で汚れたスクリーンに、黒いヘッドフォンのアイコンがあった。

エピローグ

何もかも終わった。

あのときそう思ったのに、実は何も終わっていなかった。

ミアはあれから、50時間近くも眠り続けた。ロイヤル・アレクサンダー子ども病院の集中治療室に寝かされ、一時は生死の狭間をさまよっていたのだと後で聞かされた。

インフルエンザと肺炎を併発し、おまけに栄養失調にもなっていたそうで、病室で目を開けたときには、人間スパゲティになったみたいに透明のチューブを腕にいくつもつけられていた。

ゾーイがチャーリーの手を握りしめてベッドの脇に立っていた。

そうだった、私たちは地元の街に戻ってきて、駅で保護されたのだった。そこで急に意識がなくなって……。そう思い出し、二人に何かを言おうとしたところで咳が出て、肺が破れるんじゃないかと思うぐらい痛かったので言葉を発することができなかった。

「いいから。もう何も言わなくていいから」

ゾーイがそう言ってミアを見ていた。

チャーリーは脅えたような顔で咳き込むミアを見ていたが、ゾーイに背中をさすられて深く息を吸い込み、ゆっくりと、でも、しっかりと言った。

「ミア、僕のことは心配しないで。僕はゾーイとイーヴィと一緒にいるから。僕のことより、元気になって」

チャーリーはソーシャルに連れていかれなかったのだ。

ミアはゾーイにお礼を言おうとしたけど咳が出てくるので、チューブが何本も下がった腕を動かして、「Thank you」の絵文字を真似て胸の前で手を合わせた。

「ミア、やめて。そんなことはしなくていいの」

ゾーイはひどく怒っているような、でも泣き出してしまいそうな、複雑な顔をしていた。

「あなたはもう何もしなくていいの。見ないふりをせずに、言い訳をせずに、何かをしなくてはいけないのは大人たちのほうだから」

ゾーイがそう言うのと同時に病室のドアが開いた。

「ミア、目が覚めたのね！」

緑色のメッシュのレイチェルが、コーヒーの紙コップを二つ手に持って入ってきた。そしてゾーイと顔を見合わせ、互いに頷き合っている。

詳しいことはわからないけど、なぜかそれを見ているとミアは安心した。

ゾーイのところにチャーリーを預けてくれたレイチェルに、チャーリーの世話をしてくれているゾーイにミアは感謝した。

すべてが駅で終わったわけではなかったのだ。

それから何日か経つとだんだん呼吸が楽になってきて、イーヴィとレイラが病室を訪ねてきた。

あり得ない組み合わせだと思ったが、ミアがいなくなって一緒に探していたときに親しくなったらしく、ふつうの友だちどうしのような感じで病室に入ってきた。

驚いたのはそれだけではない。イーヴィはチャーリーも連れていて、小学校に迎えにいってそのまま来たというのだ。

「私たち、引っ越すことになったんだ」

イーヴィが何気なく言ったので、ミアが驚いた顔で見ていると、イーヴィはこう言い直した。

「四人で住むための家をいまレイチェルが探しているんだって」

チャーリーも嬉しそうに笑い、両手の親指を突き上げている。

ジ・エンドどころか、ミアが寝ている間にいろんなことが変わり始めていた。


その晩、ミアは解熱剤と鎮痛剤が切れた頃に咳き込んで目が覚めた。

窓の外には暗い夜が広がっていた。ミアはベッドサイドのライトをつけ、チェストに手を伸ばして引き出しを開けスマホを取り出した。

あの日、駅でウィルのメッセージを読んだ後に倒れたので、返事を送ることができなかった。ずっと気になっていたのだが、体がきつかったのでそのままになっていた。

ワッツアップを開くと一番上にウィルからの最新のメッセージがあった。「両手にトカレフ　クリスマス・ヴァージョン」と書かれている。

共有リンクを指で押すと、ミアには聞き覚えのない曲が始まった。一瞬、ウィルが間違って別の曲を送ってきたかと思ったが、ラップの部分が始まると、それは確かに「両手にトカレフ」の歌詞だ。

ウィルは自分のラップしている声を加工し、中性的な高い音色に変えて、複数の人がコーラスしているように聞こえるパートを加えていた。まったく新しい曲に作り変えられていたのだ。

ミアは驚いて、手で口を押さえながらそれを聞いていた。

これはもう私が一人で思いついたラップじゃない。同じ曲なのに、こんなに違うものにできるなんて。

作詞者としてミアの名前がクレジットされていた。アーティスト名はM&Wになっている。

MとWって、同じ文字をひっくり返したみたいで、まったく反対だけど実は同じものみたいで、いいネーミングだと思った。

ミアはスマホにメッセージを打ち込んだ。

いまならウィルに返事が書ける気がした。

「不思議だね」

とミアは書き始めた。

「ここじゃない世界に行きたいと思っていたのに、世界はまだここで続いている。でも、それは前とは違っている。たぶん世界はここから、私たちがいるこの場所から変わって、ここは違う世界になるのかもしれないね」

こんな抽象的なことを書いたらウィルは首をひねるだろうかと思った。

「だとしたら、ここにある世界は変えられる」

と書いて、やっぱりやめようと思ってミアは削除しようとした。

開けたままのベッドサイドのチェストの引き出しから青い表紙が覗いている。

フミコが見た空のことをミアは思った。ここと違う世界はここから始まり、広がっているのだとフミコに教えた青い空。自分と同じように苦しんでいる人たちに、そのことを伝えたいとフミコに思わせた力強く澄んだ空。

きっとフミコは私にも、それを伝えにきたのかもしれない。

ミアは再びスマホに目を落とし、思い切ってメッセージを送った。

「来年はステージでラップしたい。私は、私の世界を変えられるかな」

と書き添えて。

すぐにスマホが着信音を発し、返信が届いた。

それはこのあいだウィルが送ってきたメッセージとは違って短い簡潔な答えだったが、いかにもウィルらしい言葉だったので笑った。

「すべてにＹＥＳ」

じきにミアは笑うのをやめ、吸い込まれるようにその返事を見つめていた。

それは驚くべきことだった。そこにあるのはＮＯではなく、ＹＥＳだったからだ。

ここにあった世界には存在しなかった言葉が、ここにある世界には存在し始めている。

ミアはゆっくりとあたりを見回した。

私の、私たちの、世界はここにある。

対談「私は私なんだ」という想いを持つ

バービー×ブレイディみかこ

バービー　『両手にトカレフ』を読んで、自分が失いかけていたものを取り戻したような気持ちになりました。今でこそ、私は恵まれた人間ですという顔をして堂々と生きているけれど、もともとは世の中に対する憂いばかり抱えていたし、大人を素直に信じられずにいたし、屈折していたところもたくさんあったよなあ、と。主人公のミアほど追い詰められてはいなかったから、立場としてはたぶん、友達のレイラに近いんですが、読みながら「この子は私だ」と共鳴する部分がたくさんありました。

私も十代のころは、ここではないどこかに行きたい、こんな場所にいてたまるかと強く願いながらも妄想だけで終わってしまう時期が続いたよなあ、と思い出しもしました。だけど今、そのとき妄想していたよりもずっと可能性の広がる場所に立てているから、読みながら「大丈夫だよ」と伝えたいような気持ちにもなったり。昔の自分と今の自分を行き来しながら、いろんなことを考えました。

ブレイディ　すごく嬉しい感想です。私もバービーさんのエッセイを読ませていただきました。思春期って、こんな世界は滅んでしまえと願うほど、憎しみに近い感情も抱くけれど、社会のしくみが変わっていくのとはまた違う形で、自分自身の手で変えていくことができるのだというバービーさんの想いが、エッセイから伝わってきて、この小説とも通じるところがあるなと思いました。

バービー　私も嬉しいです。ミアが〈私は私だ。私の価値を決めるのは私。〉と思うところにもグッときました。私も、言いそう（笑）。自分ではない誰かにジャッジされたくないし、誰かの基準で自分が上か下かなんて決められたくないというのは、ずっと思っていたことなので。

ブレイディ　私も、その文章がいちばん私っぽいと言われます（笑）。物語としては、暗くてキツい展開が続くので、随所に「私は私なんだ」という想いをしっかりちりばめたかったんです。貧しいから、女の子だから、かわいそうで守ってあげたくなるなんて描き方には絶対したくなかった。

対等な存在として手を差し伸べる

ブレイディ　ミアのクラスメートであるウィルは、それなりに恵まれた家庭に育った、学校でもわりと人気のあるタイプの男の子。そんなウィルに「クールじゃん」って思われるミアでいてほしかった。実際、ミアのような境遇にいる子たちはタフなので、簡単に同情させてくれない強さがあるんですけどね。

バービー　おっしゃるとおり、ミアにラップを書く才能があると気づいたウィルが、対等な存在として手を差し伸べようとする、という関係がめちゃくちゃよかったです。ああいう、魂が共鳴しあえるような人に、みんな出会えたらいいのに、って。

ブレイディ　さっきおっしゃってくれたレイラとか、幼なじみのイーヴィとその母親のゾーイとか、ミアのまわりには女性も多いので、シスターフッドの物語として描くことも可能だったと思うんです。でも私には、男の子にも助けてほしいなという気持ちがあったんですよね。〈両手にトカレフを握って立つ君を、トラックで支援する。必要なときには、君の後ろからリボルバーだってライフルだって撃つ。〉というウィルのセリフを書きましたが、そういう男女の関係もアリなんじゃないかなと思うので。
ジェンダーフリーというのは、男性性・女性性を徹底排除することではなく、男だから・女だからかくあれ、と規定された役割の概念にとらわれない、固定観念の抑圧に支配されないということ。ジェンダーが何であろうが互いに自分らしくあろうとすることで、人と人として、純粋に手をとりあうこともできるはず……という想いを表現するには、ミアが男の子にも救われる必要があるなと思いました。
バービーさんもSNSで「男性パートナーに高収入を望みますか？ 結婚やお付き合いするとき、男性の年収は重要ですか？」というアンケートをとっていましたよね。

バービー とりましたね。Twitter（現X）だと「できれば同じくらいの年収で、対等でありたいけど、世の中のしくみとしてなかなか難しい」という方が多くて、インスタの場合は「あたりまえじゃん、年収が高いほうがいいに決まっている」という方が多かったですね。その差異も含めて、おもしろかったです。私はあんまり「こうあるべき」と考えることが少なく生きてきたので、だからこそ「私は私」と当たり前のように言える私の言葉を求めてくださる方が多いのかな、とも思います。

ブレイディ その規範から自由になるために生まれたはずのフェミニズムにすら「こ

うあるべき」がいろんな形で蔓延《まんえん》しているなというのを最近は感じます。だから、SNS上でも、とかく議論が大きくなる。

お互いに助け合って、少しでもみんなで幸せに生きるには

ブレイディ　私が今作をシスターフッドの物語にしなかったのは、そうした対立を避けたかったからでもあるんです。女性同士が連帯して男性をやっつける、という構図にどうしてもなりがちだから。お互いに助け合って、少しでもみんなで幸せになるために生きるにはどうしたらいいだろう、意見や立場の違う相手とどういう関係を構築することが必要なんだろうというのは、常々考えていることですし、バービーさんの文章からもそうした姿勢を感じます。

バービー　確かに、枠組みから自由になるというより、新しい枠組みをつくろうとしている風潮は感じていますね。なぜだろう？　と考えたとき、マジョリティになり変わろうという気持ちがあるからなんじゃないか、と思ったりもします。マイノリティだからと虐げられてきた経験は、「私は私」という矜持《きょうじ》を育ててくれるものではあるけれど、恨みや嫉妬が先走って「自分たちがマジョリティ側に立ってやる」

という意欲を持ってしまう人も、いる。それが本当の目的ではなかったはずなのに、と淋《さび》しい気持ちになることはありますね。

ブレイディ　数の論理に、いつのまにか自分たちも飲み込まれてしまうんですよね。日本の現状を批判するときに「海外ではこういうのが主流だ」とか「イギリスの新聞にはこう書かれている」と他者を論拠にすることがありますが、それも同じだなと思います。

バービー　難しいですよね。できるだけ、学んだことは正しく生かしていきたい。でも、せっかく得た知識を見せびらかしたい欲は私にもありますし「あの人がこう言ってたから」と知識を笠《かさ》に着るようなことをしてはいないだろうか、というのは気をつけているところです。私の場合、浅く知識を得たときほど、その傾向が強くなる気がする。ひとつ得た知識を、さらに深く学んでいくことができれば、もっと自由に生かすことができるようになるのかもしれないですね。

ブレイディ　バービーさんの文章でおもしろいなと思ったのは、仏陀《ぶつだ》の言葉が引用されたかと思えば、こんまりさんの名前が飛び出したりする。その縦横無尽さって、なかなか真似できることじゃないと思うんですよ。学べば学ぶほど「これとそれは同列ではない」とか変に縛られてしまうだろうから。そういう意味で、バービーさんはすごく自由で、理想的な学び方をしているんだろうなと感じます。

バービー　無知なだけのような気がしますが（笑）。

自分の価値を自分で決めるための言葉

ブレイディ　大事なことだと思います。言葉ってやっぱり、胸の内を吐き出すものだから。そこで何かに、たとえば「枠組み」とかにとらわれてしまうと、いずれ自分が出せなくなって苦しくなってしまう。『両手にトカレフ』というタイトルは、銃のかわりにラップ（言葉）で世の中と戦おうとするミアの想いをあらわしたものですが、人と交流するにもやっぱり言葉が必要で、いかにちゃんと伝えるための手段に変えられるかは、どう生きていくのかにも関わっていくような気がします。

バービー　私は、文章を書くときは「伝えたい」という想いが先行するので、わりと書きたいことを書いているんですけれど、映像のときは、それが誰かを傷つける凶器となっていないか、かなり気をつけて言葉を選んでいますね。映像だと、表情でニュアンスを和らげることはできる一方、読もうという意思が必要とされる文章と違って、誰がどんな状況でそれを目にするのかわからない怖さがあるので。

ブレイディ　切り取られる怖さもありますよね。文章も、前後の文脈を排除して、真逆の文意を持つものとして出回ることもあるので……。過去に書いた作品の復刊や文庫化の際には「今の時代、この言い方は絶対アウト」というものもやっぱり見つかります。ただあまりに修正を重ねていくと「これは本当に私が書きたかったものだろうか」と疑問が浮かぶこともある。意図せず炎上したり、誤解されたまま評価を決めつけられたりするのはとてもつらいけれど、そのおそれによって自分の言葉を曲げないようには気をつけています。自分の価値を自分で決めるための言葉を発することができているだろうかと自問自答することは、常に必要なことですね。

バービー　『両手にトカレフ』で多数引用されている金子文子さんの文章には、今の時代にはそぐわない表現もあるけれど、ちゃんとそれも注釈を入れて、そのままにしていらっしゃいますよね。コンプライアンス的に正しい言葉だけを使うと、ニュアンスも限定されて、伝わるべきところに伝わらないという難しさもあります。もちろん、その言葉を使わずに表現する方法を探るのも、仕事のうちだとは思いますが。

別の視点を得て、世界を変える

バービー　ちなみに先ほど、シスターフッドにしたくなかったとおっしゃっていましたが、ミアは金子文子の本を読むことで、彼女を空想上の相棒にしますよね。なぜ金子文子だったんですか？

ブレイディ　『女たちのテロル』という本を出したときにも彼女をとりあげたんですが、アナキストとして自分の人生を歩み始めてからの話しか扱っていなかったんですよ。でも、彼女の思想形成には、その生まれ育ちによる経験が大いに関わっていたはず。そして彼女が自殺を思いとどまった経験は、何より重要なターニングポイントだったはず。戸籍がないために義務教育を受けることもできず生きてきた彼女が、人生に絶望しきって、死ぬために川辺に立っていたのに、夏空に逞しく響き渡る蟬の声を聞いた瞬間、世界がまるで違って見えて生きようと思えた――かつてその描写を読んだときはどういうことなのか理解できなかったけれど、状況は何も変わっていないのに一瞬で別の視点を得て世界を変えることができた彼女の想いを映し出すことができれば、ミアがその先を生きていく希望も描くことができるんじゃないのかなあと思いました。

バービー　金子文子が立っていたのは朝鮮の土地だけど、なぜか作中で描写される自然に、私の地元に近いものを感じたんですよね。ものすごく印象に残ったシーンだったので、今日は、その青空をイメージした洋服を着てきました。

ブレイディ　ああ、ほんとだ！　嬉しいです。

バービー　ミアは金子文子と同じ時代を生きているわけではないけれど、魂が繋がるような感覚を得ましたよね。この小説を読んだあと、金子文子についていろいろ調べて、『金子文子と朴烈《パクヨル》』という映画も観たんですけれど、大正期の社会活動家たちはまさに「私は私」という信念のもと、思想を燃やし、その思想で繋がる、共鳴できる仲間を得て生きていた。

私もそういう仲間を欲しがるタイプなので（笑）、ものすごく感化されました。生まれ育った環境や性格が違っても、この人がいるから生きていけるし、命をささげることができると思える情熱が芽生えるのって素敵だな、と。

ブレイディ　今の時代には暑苦しい感覚かもしれないけれど、そういうものがあったほうが人間は強くなれるんじゃないかと思いますね。

想像力を働かせる

バービー　一方で、シスターフッドもそうなんですけど、他者との連帯は「無敵の人」と呼ばれる、社会的に失うものがないために、犯罪を起こすことに躊躇《ちゅうちょ》しない人たちを生み出しかねないことでもあるな、というのを感じていて。マイノリティの中でさえ、誰とも繫がれない、はじかれてしまった人たちが、事件を起こすのを見聞きするたび、どうすればいいんだろうかと考えます。もちろん罪を犯したことは、どんな事情があれ許されないことだけど、その土壌をつくらないためにはどうしたらいいのかな、と。詰め寄るだけでなく、想像力を働かせることをしていかないと、ますます生きるのが苦しい人が増えてしまう気がして。

ブレイディ　その想像力を、バービーさんはすでに十分お持ちだと思います。「私は私」という姿勢を貫きながら、それを誰かに押し付けるようなことは決してなさらない。それこそ仏陀の言葉もこんまりさんの言葉も等しく受け入れるように、柔軟性もお持ちでいらっしゃる。

シンパシーは「かわいそうな立場の人や問題を抱えた人、自分と似たような意見を持っている人々に対して抱く感情」で、エンパシーは「自分とは異なる思想や信条を持った人、かわいそうとも思えない立場の人たちの感情や経験を理解する能力」のことだと『ぼくはイエローでホワイトで、ちょっとブルー』で書きましたけど、誰かと対話するうえで大事なのは「伝える」ことと、そして「聞く」こと。個人的な感情として許せないと思う事件があったとしても、相手の立場になってその事情を理解しようと想像してみる、それもまた「聞く」ということです。そういう人が一人でも増えると、「無敵の人」の事件も減るかもしれませんね。

バービー　そうですね……。事件を起こしてしまう人のまわりには、ちゃんと話を聞いてくれる人がいなかったのかもしれない、とも思いますね。

作中に、1ポンドで食べられるディナー・ビュッフェを週に二回、提供するカフェが登場するじゃないですか。そこにさえ行けばミアもおなかいっぱいごはんが食べられる。あれを日本でもやれないかなあ、と思いました。フードバンクをやるにしても、条件がすごく厳しいんですよね。生《なま》ものが余ってるんだけど、誰かに食べてもらえないかな、と思ったときにどういうシステムを構築すると、困っている人たちにもいきわたるんだろうとか、今いろいろ考えていて。

ブレイディ　ああ、すごくいいですね。カフェと名がついたほうがフランクだし、無料は確かに助かるけど、百円でもお金を払った方が、垣根が低くなることってあるんですよね。たくさん払える人は払ってくれていいわけだし。

バービー　私、地元の地域創生に関わっているんですけれど、子ども食堂の創設を提案したら「貧乏だと思われたくないから来ないと思います」と言われました。かわいそうだと思われたくない、とミアも思っていたけれど、上から目線で誰かを助けようというのではなくて、おっしゃるように、もっとフランクに人と人とが繋がって支えあうことのできるしくみを、つくれないかな……と、この小説を読んでますます考えるようになりました。そういう意味でも、一人でも多くの人に、この小説を読んでもらいたいですね。

初出＝「ダ・ヴィンチWeb」2022年8月16日
取材・文＝立花もも

参考文献

『何が私をこうさせたか　獄中手記』金子文子（岩波文庫・２０１７）

『増補新版　金子文子　わたしはわたし自身を生きる　手記・調書・歌・年譜』鈴木裕子編（梨の木舎・２０１３）

『思い出袋』鶴見俊輔（岩波新書・２０１０）

『金子文子　自己・天皇制国家・朝鮮人』山田昭次（影書房・１９９６）

『余白の春　金子文子』瀬戸内寂聴（岩波現代文庫・２０１９）

『常磐の木　金子文子と朴烈の愛』キム・ビョラ、後藤守彦訳（同時代社・２０１８）

『鶴見俊輔コレクション１　思想をつむぐ人たち』鶴見俊輔、黒川創編（河出文庫・２０１２）

Fumiko Kaneko, Translated by Jean Inglis, *The Prison Memoirs of a Japanese Woman*. 1991: Routledge

本書の金子文子の少女時代に関する文章のなかには、今日の人権に関する観点からみますと、職業に関して差別的な表現がありますが、金子文子の手記をもとに、明治から大正にかけて彼女が実際に生きた時代背景を作品に反映したいと考え、当時の表現のままとしました。

本書は、２０２２年にポプラ社より刊行した
単行本に対談を追加して、文庫化したものです。

イラスト　オザワミカ
デザイン　岡本歌織（next door design）
校正　株式会社円水社
DTP　株式会社三協美術

両手にトカレフ

ブレイディみかこ

2024年11月6日　第1刷発行

発行者　加藤 裕樹
発行所　株式会社ポプラ社
〒141-8210　東京都品川区西五反田3-5-8
JR目黒MARCビル12階
ホームページ　www.poplar.co.jp
フォーマットデザイン　bookwall
印刷・製本　中央精版印刷株式会社

N.D.C.913/295p/15cm　ISBN978-4-591-18386-1

P8101504